HERÓIS
MUITO ESPERTOS

Era uma vez uma pobre viúva, como muitas outras, que tinha um filho. Veio um verão muito seco, e eles não sabiam como sobreviveriam até que as novas batatas ficassem maduras. Então, uma noite, Jack disse à sua mãe:
— Faça um bolo e mate uma galinha, pois eu vou atrás de minha fortuna; e se eu encontrar, não tenha medo, pois logo estarei de volta para dividi-la com você.

HERÓIS
MUITO ESPERTOS

Tradução:
VILMA MARIA DA SILVA
E INÊS A. LOHBAUER

MARTIN CLARET

SUMÁRIO

11 Apresentação

HERÓIS MUITO ESPERTOS

19 O rapaz com a
pele de bode

31 Jack e seu patrão

45 O Santuário Gellert

49 Conall Yellowclaw

65 Hudden e Dudden e
Donald O'Neary

77 O alfaiate esperto

81 Uma lenda de Knockmany

95 O pretendente de Olwen

111 Jack e seus camaradas

121 A lenda de Ivan

129 Jack, o ladrão esperto

145 O Cavaleiro dos Enigmas

APRESENTAÇÃO
ANTIGOS OU MODERNOS: HERÓIS EM TODOS OS TEMPOS

LILIAN CRISTINA CORRÊA[1]

Qual a melhor definição para uma figura dita heroica? Aquela encontrada em dicionários, dos mais diversos, que descrevem um ser de coragem notável, reconhecido por seus grandes feitos e sua bondade, pela determinação inabalável em atingir seus objetivos, independentemente de condições favoráveis ou adversas? Uma pessoa que suporta quaisquer sacrifícios em vista de um bem maior, arriscando, muitas vezes, sua vida em benefício de outros? Ou ainda, pensando nos padrões mitológicos, um semideus, nascido da união de um deus ou uma deusa com um ser humano?

Entre todas as definições apresentadas não é possível escolher apenas uma a partir da qual possamos,

---

[1] Mestre e Doutora em Letras (UPM), professora dos cursos de graduação e pós-graduação *lato sensu* da Universidade Presbiteriana Mackenzie, nas áreas de língua e literaturas em língua inglesa, tradução e metodologias do ensino de língua inglesa.

de fato, compreender o que ou quem seria — por apenas uma concepção ou um ser — um herói como os que são apresentados nesta coletânea. Somadas a todas essas atribuições, temos, ainda, a questão de que os heróis aqui descritos e suas diversas aventuras fazem parte de um universo mais do que especial; é mágico, o mundo da cultura celta, repleto de seres extraordinariamente diferentes.

Como representantes da cultura celta, temos que lembrar que os heróis protagonistas destes contos constituem seres que estão sempre em contato com a natureza e sabem respeitá-la, assim como respeitam as tradições de seu povo e a hierarquia de suas instituições. Há, nestes contos, figuras que quase sempre habitam as narrativas de origem similar, como fadas, gigantes, reis, rainhas e princesas e, obviamente, aquele que, de alguma forma, tem o papel de proteger alguém ou desafiar algum perigo — sim, é claro, o herói!

O que precisa ser entendido é que para um personagem ser considerado heroico deve possuir determinadas características e passar por estágios que efetivamente comprovem a sua habilidade e a sua veracidade enquanto defensor de um ideal. Este candidato ao posto de herói não precisa ser um nobre de origem, mas devem fazer parte de suas atitudes a bondade e a coragem que, como sabemos, não precisam nascer em berço esplêndido.

Diversos foram os estudiosos que traçaram as características de um herói enquanto protagonista e enquanto aquele que passa por um determinado percurso até que possa atingir o seu objetivo. Talvez o primeiro a falar sobre esta concepção tenha sido Aristóteles que, na *Arte Poética*, menciona o herói trágico colocado em situações em que sua condição de homem é posta em xeque diante de uma ação em que devem ser apontadas sua superioridade e justiça, mas que, por algum motivo, comete um erro ou cai em desgraça, tendo que passar por uma provação para então voltar a ser reconhecido diante de seus pares.

Em tempos mais recentes, Joseph Campbell, o grande estudioso sobre os conceitos acerca do herói, em diversas obras, versa sobre a figura heroica, seus feitos, suas falhas e suas diversas modalidades de entendimento, propondo um modelo a partir do qual seria possível entender o percurso que torna um ser comum em herói: há a descrição desta personagem em sua rotina diária, algo incomum, insólito, acontece e quebra sua rotina. A princípio, a personagem pensa em uma recusa no que diz respeito a esta intervenção em sua vida, mas algo, podendo ser um fato ou um encontro com algum tipo de mentor, o leva a tomar sua decisão de assumir a tarefa apresentada. O herói sai, então, de sua rotina, passa por uma infinidade de testes, enfrenta inimigos e, eventualmente, recebe ajuda de aliados e, quando se aproxima do objetivo de sua missão vê-se em uma situação tensa, em que não encontra definição alguma, nem clareza de ideias. Há uma provação ainda maior, um momento de crise absoluta e, finalmente, passado o momento de provação:

o herói conquista sua recompensa, retornando ao seu mundo anterior, mas transformado por todas as coisas pelas quais passou.

Fato é que a literatura, de maneira geral e, em especial a de origem celta, é campo frutífero para o surgimento e a manutenção do conceito de herói. Se tomarmos por base os contos aqui publicados, temos uma reprodução da sociedade e da hierarquia típicas do universo celta, apresentando heróis que são facilmente identificáveis com a identidade deste povo.

Independentemente da classe social a partir da qual surge este herói, características sempre expressas nestes contos, esta personagem insurge contra verdades postuladas ou contra injustiças, além de também poder ser fruto da imaginação advinda de diversas outras narrativas orais que acabaram por se fazer presentes, bem mais tarde, por meio do texto escrito. De qualquer forma, este herói desempenha ações de grande repercussão, passa por provações e testes, tem a oportunidade de externar as suas qualidades de bom ser humano, com coragem, astúcia, ousadia e sabedoria, sempre pensando no benefício dos necessitados ou de alguém que esteja sob sua proteção.

Assim, cabe a nós, leitores, o grande desafio de fazer a leitura destes contos tendo em mente tudo o que faz de alguém um herói e como esse se comporta nas narrativas construídas com base no mágico universo da cultura celta e se, de alguma forma, podem ser vistos como heróis na contemporaneidade.

REFERÊNCIAS

ARISTÓTELES. **Arte Poética**. Rio de Janeiro: Ediouro, 1998.

CAMPBELL, J. **O herói de mil faces**. São Paulo: Cultrix, 1997.

http://aulete.uol.com.br/site.php?mdl=aulete_digital&op=loadVerbete&pesquisa=1&palavra=heroi#ixzz2YqfHTPa2 (acessado em 31 de julho de 2013).

http://houaiss.uol.com.br/busca?palavra=heroi (acessado em 31 de julho de 2013).

HERÓIS
MUITO ESPERTOS

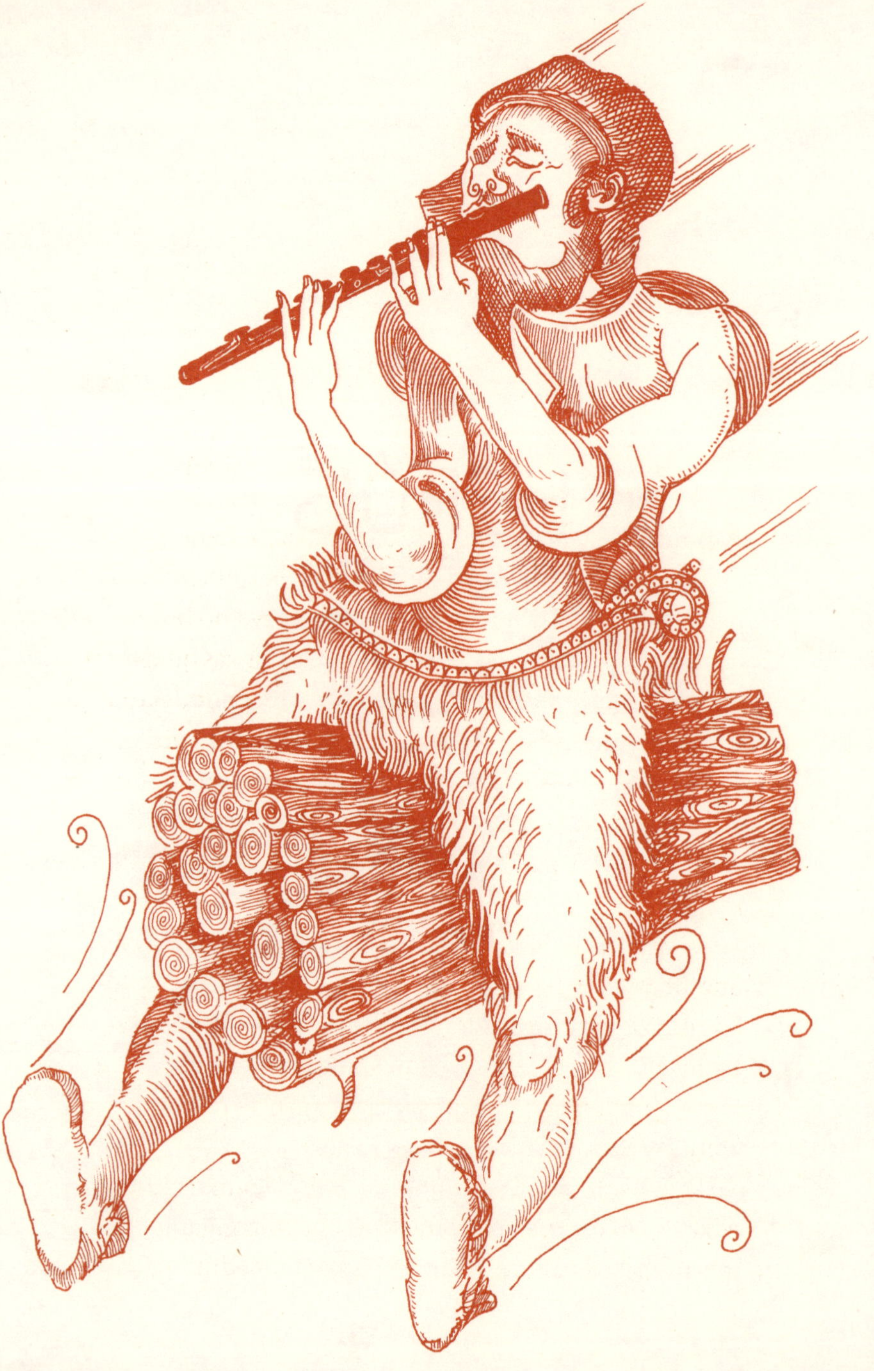

O RAPAZ COM A PELE DE BODE

Há muito tempo viveu perto da forjaria, em Enniscorth, uma pobre viúva, tão pobre que não tinha roupas para vestir o seu filho. Então ela o colocava no buraco das cinzas, perto do fogo, e amontoava as cinzas quentes em volta dele; à medida que ele ia crescendo, ela ia aprofundando o buraco. Finalmente, de um jeito ou de outro, ela conseguiu uma pele de bode e amarrou-a à cintura do menino; ele se sentiu muito orgulhoso e resolveu dar uma volta na rua. A mãe disse a ele na manhã seguinte:

— Tom, seu malandrinho, você ainda não fez nada que prestasse na sua vida e está com um metro e oitenta de altura e dezenove anos de idade. Pegue esta corda e traga-me um feixe de lenha do bosque.

— Nem precisa dizer duas vezes, mãe — respondeu Tom. — Lá vou eu.

Depois de Tom ter juntado a lenha e amarrado o feixe, apareceu na sua frente um enorme gigante, de três metros de altura, e lhe deu uma pancadinha com um bastão. Tom saltou para o lado, pegou um galho para usar como aríete[1] e, com o primeiro golpe que deu no grandalhão, conseguiu fazê-lo beijar o chão.

— Se você conhece alguma oração — disse Tom —, chegou a hora de fazê-la, antes que eu o quebre em pedacinhos.

— Não conheço orações — disse o gigante —, mas, se você poupar minha vida, eu lhe darei este bastão. Enquanto você permanecer longe do pecado, vencerá com ele todas as batalhas que lutar.

Tom não hesitou em libertá-lo e, tão logo recebeu o bastão em suas mãos, sentou-se sobre o feixe de lenha e tocou-o com o bastão, dizendo:

— Ó feixe, tive muito trabalho para juntar toda essa lenha, até arrisquei minha vida por você, o mínimo que você pode fazer por mim é levar-me de volta para casa.

E, certamente, dito e feito: o feixe de lenha saiu pelo bosque afora, resmungando e estalando até chegar à porta da casa da viúva.

Bem, depois que os galhos foram todos queimados, a viúva mandou Tom voltar ao bosque para buscar mais, e dessa vez ele teve de lutar contra um gigante que tinha duas cabeças. Tom teve um pouco mais de trabalho com ele — e foi só isso. Em vez de rezar, o gigante deu a Tom um pífano[2] que fazia tudo dançar

---

[1] Tipo de máquina de guerra antiga usada para derrubar muralhas. (N. E.)

[2] Também conhecido como pífaro, é uma flauta com seis orifícios. (N. E.)

quando ele era tocado. Então Tom fez o feixe de lenha dançar e, sentado sobre ele, rumou-se para casa. O gigante seguinte era um belo rapaz com três cabeças. Não tinha orações, nem catecismos, nem nada mais que os outros, então deu a Tom um frasco de unguento verde que não o deixaria ser queimado, escaldado ou ferido.

— E agora — disse o gigante — não há mais nenhum de nós. Você poderá vir aqui e juntar os gravetos até o dia da Grande Festa da Colheita, sem que nenhum gigante ou ser encantado o perturbe.

Bem, agora Tom estava mais cheio de si do que cem pavões e costumava passear pela rua ao anoitecer; mas alguns meninos muito mal-educados mostravam a língua para ele, por causa de seu bastão e de sua pele de bode. Tom não gostou nem um pouco disso e deu um tabefe merecido em um deles. Um dia, apareceu na cidade uma espécie de sineiro, com uma enorme corneta, um chapéu de caçador na cabeça e um tipo de camisa pintada. Então, esse... — na verdade, não era um sineiro, e não sei do que posso chamá-lo — corneteiro, talvez, anunciou que a filha do rei de Dublin estava tão melancólica que não ria há sete anos, e que seu pai a daria em casamento a qualquer um que a fizesse rir três vezes.

— Eis aí uma coisa que posso tentar — disse Tom.

E assim, sem deixar passar nem mais um dia, ele beijou sua mãe, apontou seu bastão para os meninos e foi embora, caminhando pela estrada principal em direção à cidade de Dublin.

Finalmente Tom chegou aos portões da cidade, mas os guardas riram e zombaram dele em vez de o deixarem entrar. Tom suportou tudo por algum tempo, mas então um deles — só de brincadeira, como disse — enfiou sua baioneta por meio centímetro na lateral do corpo do rapaz. Tom não fez nada além de pegar o sujeito pelo pescoço e pelo cinto e atirá-lo para dentro do canal. Alguns correram para resgatar o sujeito e outros ameaçaram Tom com suas espadas e lanças. Contudo, um único toque de seu bastão enviou-os de cabeça para dentro do fosso ou pelas rochas abaixo, e logo todos estavam implorando para que ele parasse.

Enfim, um deles ficou feliz em mostrar a Tom o caminho para o pátio do palácio; e lá Tom encontrou o rei, a rainha e a princesa sentados numa galeria, assistindo a todo tipo de luta, esgrima, danças antigas e teatros de pantomima, tudo para agradar à princesa, mas nenhum sorriso surgiu em seu belo rosto.

Bem, todos pararam quando viram aquele jovem gigante, com seu rosto de menino, longos cabelos negros e uma barbicha encaracolada — pois sua mãe não podia comprar lâminas de barbear —, seus braços grandes e fortes, suas pernas nuas e nenhuma roupa, a não ser a pele de bode que o cobria desde a cintura até os joelhos. Mas um sujeitinho invejoso com uma cabeleira ruiva, que queria se casar com a princesa, não gostou do modo como ela olhou para Tom. Aproximou-se então dele e perguntou muito rudemente o que ele queria ali.

— O que eu quero aqui — disse Tom — é fazer a bela princesa, que Deus a abençoe, rir três vezes.

— Está vendo todos esses rapazes alegres e hábeis espadachins — disse o outro —, que poderiam comê-lo temperado com sal? Nenhum deles jamais conseguiu arrancar um sorriso sequer dela nesses últimos sete anos.

Então os rapazes se reuniram em volta de Tom. O sujeitinho ficou provocando-o até que ele respondeu, dizendo que não ligava a mínima para todos eles, que viessem, seis de cada vez, para ver o que seria capaz de fazer.

O rei, que estava longe demais para ouvir o que diziam, perguntou o que o estranho queria.

— Ele quer — disse o sujeito de cabelo ruivo — fazer pouco de seus melhores homens.

— Oh! — disse o rei. — Se é isso, então deixe um deles medir forças com o estranho.

Então um dos rapazes se adiantou, com escudo e espada em punho, e fez um corte em Tom, esse tocou o cotovelo do rapaz com o bastão, e lá se foi a espada dele, voando sobre as cabeças, e lá se foi o dono dela para o chão, por causa de uma pancada em seu elmo.

Outro entrou em seu lugar, e depois outro, e assim por diante, até virem seis de uma só vez. Tom fazia voar todas as espadas, elmos, escudos e corpos, que rolavam uns sobre os outros, ficavam ali gemendo e gritando que estavam sendo mutilados e feridos, seus pobres cotovelos e quadris sendo esfolados, e depois se afastavam mancando. Tom tentou não matar ninguém; a princesa se divertiu tanto que soltou uma grande e doce risada ouvida em todo o pátio.

— Rei de Dublin — disse Tom —, ganhei um quarto de sua filha.

O rei não sabia se ficava contente ou triste, e todo o sangue da princesa subiu para as suas faces, fazendo-a corar.

Então não houve mais luta naquele dia, e Tom foi convidado a jantar com a família real. No dia seguinte, Cabeça Ruiva falou a Tom sobre um lobo do tamanho de um novilho de um ano, que costumava uivar por trás dos muros e devorar as pessoas e o gado, disse ainda que o rei teria muito prazer em vê-lo morto.

— Com todo o meu coração — disse Tom —, envie-me um criado para me mostrar onde ele mora e veremos como ele se comporta perante um estranho.

A princesa não gostou muito da ideia, pois Tom agora parecia outra pessoa, vestido com roupas finas e um belo barrete verde sobre seu longo cabelo cacheado, além disso, ele conseguira fazê-la dar uma bela risada. Mas o rei deu a ele seu consentimento, e em uma hora e meia o horrível lobo já caminhava em direção ao pátio do palácio. Tom o seguia a um passo ou dois de distância, com seu bastão no ombro, como um pastor seguindo o seu carneiro de estimação.

O rei, a rainha e a princesa estavam a salvo na galeria, mas os empregados e as pessoas da corte, que trabalhavam junto ao grande cercado dos animais, quando viram o enorme animal entrando, largaram tudo e começaram a fugir pelas portas e portões. O lobo lambeu os beiços, como se dissesse: "Como eu gostaria de saborear meu desjejum comendo alguns de vocês!".

O rei gritou:

— Ó Tom, Pele de Bode, expulse esse lobo terrível e você terá minha filha.

Mas Tom não lhe deu a mínima atenção. Tirou sua flauta do bolso e começou a tocar loucamente. Nenhum homem ou menino no pátio conseguiu deixar de mexer os pés, e o próprio lobo foi obrigado a ficar em pé sobre suas patas traseiras e a dançar junto com o resto das pessoas. Uma boa parte foi para dentro e fechou as portas para que o animal peludo não as pegasse. Mas Tom continuou tocando, e os que ficaram do lado de fora continuaram a dançar e a gritar, e o lobo continuou a dançar e a rugir, por causa da dor que sentia em suas patas. Durante todo o tempo, ele não tirava os olhos de Cabeça Ruiva, que estava dominado pela música, junto com os demais.

Onde quer que o Cabeça Ruiva fosse, o lobo o seguia e ficava com um olho nele, enquanto o outro olho vigiava Tom, para saber se esse o deixaria comer o seu inimigo. Mas Tom sacudia a cabeça e não parava de tocar, Cabeça Ruiva não parava de dançar e de vociferar, e o lobo também dançava e rugia, uma pata para cima e outra para baixo, quase desmaiando de tanto cansaço.

Quando a princesa viu que ninguém mais temia ser morto, divertiu-se muito com a situação do Cabeça Ruiva e deu outra grande risada; então Tom gritou:

— Rei de Dublin, ganhei a metade de sua filha.

— Oh, metade ou tudo, tanto faz — disse o rei.

— Mande embora esse demônio desse lobo e depois veremos.

Então Tom guardou a flauta no bolso e disse ao animal exausto, prestes a desmaiar:

— Volte para sua montanha, meu bom camarada, e viva como um animal respeitável, se eu encontrá-lo no raio de doze quilômetros de qualquer cidade, eu...

Tom não disse mais nada, mas cuspiu em seu punho e fez um floreio com o bastão. Era tudo que o pobre-diabo do lobo queria: colocou o rabo entre as pernas, girou nos calcanhares, sem olhar para homem nenhum, e nunca mais um mortal, nem o sol, nem a lua e nem as estrelas jamais o viram novamente em Dublin.

Durante o jantar, todos riram muito, menos o sujeitinho ruivo, que ficou pensando no que poderia fazer para acabar com o pobre Tom no dia seguinte.

— Bem, com certeza! — disse ele. — Ó rei de Dublin, Vossa Majestade está com sorte. Os dinamarqueses estão nos perturbando, sem dar uma trégua. Vamos dar um fim neles! E se existe alguém que pode nos salvar deles, esse alguém é o cavalheiro com a pele de bode. Há um mangual[3] pendurado no travessão do

---

[3] Tipo de arma medieval, que possui tamanho médio e que possui na ponta uma esfera metálica com espinhos pontiagudos. Existem diferentes tipos, além do medieval, há o agrícola, por exemplo, que é usado para malhar os cereais. (N. T.)

telhado lá do inferno, e nenhum dinamarquês nem demônio algum pode com ele.

— Então — disse Tom ao rei —, o senhor me daria a outra metade da princesa, se eu lhe trouxesse o mangual?

— Não, não! — disse a princesa. — Prefiro não ser sua esposa a vê-lo em perigo.

Mas Cabeça Ruiva sussurrou no ouvido de Tom, dizendo que seria vergonhoso para ele recusar a aventura. Então Tom perguntou que caminho deveria tomar, e Cabeça Ruiva o indicou.

Bem, então ele viajou e viajou, até vislumbrar os muros do inferno, e ali, antes de bater nos portões, untou-se com o unguento verde. Quando bateu, cem pequenos diabretes enfiaram as cabeças pelas grades e perguntaram-lhe o que queria.

— Quero falar com o maior de todos os demônios — disse Tom. — Abram o portão.

Não demorou muito para que abrissem o portão, e o Velho Demônio recebeu Tom com muitas mesuras, perguntando o que ele queria.

— Não quero muita coisa — disse Tom. — Só vim aqui pedir emprestado esse mangual que estou vendo ali pendurado no travessão do telhado, para o Rei de Dublin dar uma lição nos dinamarqueses.

— Bem — disse o outro —, os dinamarqueses são meus bons fregueses, mas como você veio de tão longe, não recusarei seu pedido. Pegue esse mangual — disse ele a um jovem diabrete e piscou o olho ao mesmo tempo.

Enquanto alguns fechavam os portões, o jovem demônio subiu e pegou o mangual, que tinha um cabo e uma ponta feitos de ferro incandescente. O pequeno vagabundo sorria só de pensar em como queimaria as mãos de Tom, mas quem se queimou foi ele, como um broto seco de carvalho.

— Obrigado — disse Tom. — Agora você poderia, por favor, abrir o portão para mim, e então não o perturbarei mais?

— Oh, seu trapaceiro! — disse o Velho Demônio.

— Então é assim? É mais fácil entrar pelos portões do que sair depois. Tirem essa ferramenta dele e deem-lhe uma boa surra!

Então um sujeitinho mostrou as garras para pegar o mangual, mas Tom lhe deu uma pancada tão forte na lateral da cabeça que até lhe quebrou um chifre. O sujeito soltou um enorme rugido, como demônio que era. Todos eles correram para cima de Tom, mas o rapaz corajoso deu, a grandes e pequenos, um corretivo tão grande que não esqueceriam tão cedo. Finalmente, o mais velho de todos disse, esfregando o cotovelo:

— Deixem esse doido sair, e maldito seja aquele que deixá-lo entrar novamente, grande ou pequeno.

Tom saiu e foi embora sem se importar com a gritaria e as imprecações por trás dele, vindas de cima dos muros. E quando chegou ao grande cercado do palácio, viu enorme correria e alegria, como nunca vira antes, para vê-lo trazendo o mangual. Depois que contou sua história, colocou o mangual nos degraus de pedra e pediu a todos que não o tocassem.

Se o rei, a rainha e a princesa deram muita importância a ele antes, agora deram uma importância dez vezes maior. Mas Cabeça Ruiva pensou em roubar o mangual e lhe dar um fim. Porém, mal seus dedos o tocaram, ele soltou um rugido como se os céus e a terra se juntassem e ficou agitando os braços e dançando loucamente — dava até pena olhar para ele. Tom correu até lá assim que o coitado conseguiu se levantar, pegou as mãos dele nas suas próprias mãos e esfregou-as até a dor da queimadura passar. Bem, o coitado do sujeitinho, entre a dor que acabara de sofrer e o conforto que recebera de Tom, estava com a expressão mais cômica que alguém já vira. Foi uma mistura geral de risos e gritos. Todos caíram na gargalhada — incluindo a princesa. Então Tom disse:

— Agora, madame, se você tivesse cinquenta metades, eu gostaria que me desse todas elas.

Bem, então a princesa olhou para seu pai e — juro! — ela foi até onde Tom estava, colocou suas duas mãozinhas delicadas entre as mãos grosseiras dele, e bem que eu gostaria de estar na pele dele naquele dia!

Tom não levou o mangual ao palácio. Nenhum outro corpo se aproximou dele, e quando os madrugadores passaram por ele, na manhã seguinte, encontraram duas enormes fendas na rocha em que ele estava, abertas pelo calor, e ninguém conseguia dizer até que profundidade ia o buraco. Mas ao meio-dia entrou um mensageiro, que disse que os dinamarqueses ficaram tão assustados quando ouviram falar do mangual trazido a Dublin que embarcaram em seus navios e foram embora.

Bem, suponho que antes de se casar Tom pediu a alguns homens, como Pat Mara de Tomenine, que lhe ensinassem os "princípios do comportamento refinado", as artes da metalurgia, do manejo de armas, de construção de fortificações, as frações decimais, a prática e a regra de três, para que ele fosse capaz de manter uma conversação com a família real. Não tenho certeza se foi perda de tempo ele estudar todas essas ciências e artes, mas estou certo de que sua mãe nunca mais passou necessidade até o final de seus dias.

JACK E SEU PATRÃO

Era uma vez uma pobre mulher que tinha três filhos. Os dois mais velhos eram sujeitos espertos, porém o mais novo era chamado de Jack Bobo, porque todos achavam que não passava de um simplório tolo. O mais velho cansou-se de permanecer em casa, e disse que ia procurar um serviço. Ficou fora por um ano inteiro e, um dia, voltou, arrastando um pé atrás do outro, com uma pobre cara mirrada e mal-humorada. Depois de descansar e comer alguma coisa, contou como conseguira um serviço com o Velho Avarento da Cidade do Infortúnio, e que o acordo entre os dois estabelecia que o primeiro a se arrepender do trato teria uma tira de pele de um centímetro de largura arrancada de suas costas, dos ombros até os quadris. Se fosse o patrão, ele deveria pagar também o salário em dobro, e se fosse o criado, não receberia salário nenhum.

— Mas o ladrão — disse ele — dava-me tão pouca comida e mandava-me trabalhar tanto, que o corpo e o sangue não aguentaram; e quando ele me perguntou uma vez, justamente quando eu estava furioso, se eu havia me arrependido, fui louco o bastante para dizer que sim, e aqui estou, incapacitado para o resto da minha vida.

A pobre mãe e os irmãos ficaram muito aborrecidos, e, no mesmo instante, o irmão do meio disse que iria trabalhar para o Velho Avarento e puni-lo, aborrecendo-o tanto até obrigá-lo a dizer que se arrependia do acordo.

— Oh, como eu ficaria feliz de ver a pele arrancada das costas do velho vilão! — disse ele.

Tudo o que a família fizera para tentar dissuadi-lo foi inútil. Ele foi embora para a Cidade do Infortúnio e, em doze meses, estava de volta tão arrasado e num estado tão lastimável quanto o irmão mais velho.

Tudo o que a pobre mãe tentou fazer para evitar que Jack Bobo também fosse até lá para ver se conseguia derrotar o Velho Avarento foi inútil.

Quando chegou lá, Jack fez um acordo com ele de um ano de trabalho por vinte libras, e os termos eram os mesmos daqueles de seus irmãos.

Agora, Jack — disse o Velho Avarento —, se você se recusar a fazer qualquer coisa que é capaz de fazer, perderá o salário de um mês.

Estou de acordo — disse Jack —, e se o senhor pedir que eu interrompa algo que me mandou fazer, terá de me pagar um salário mensal adicional.

— Está bem — disse o patrão.

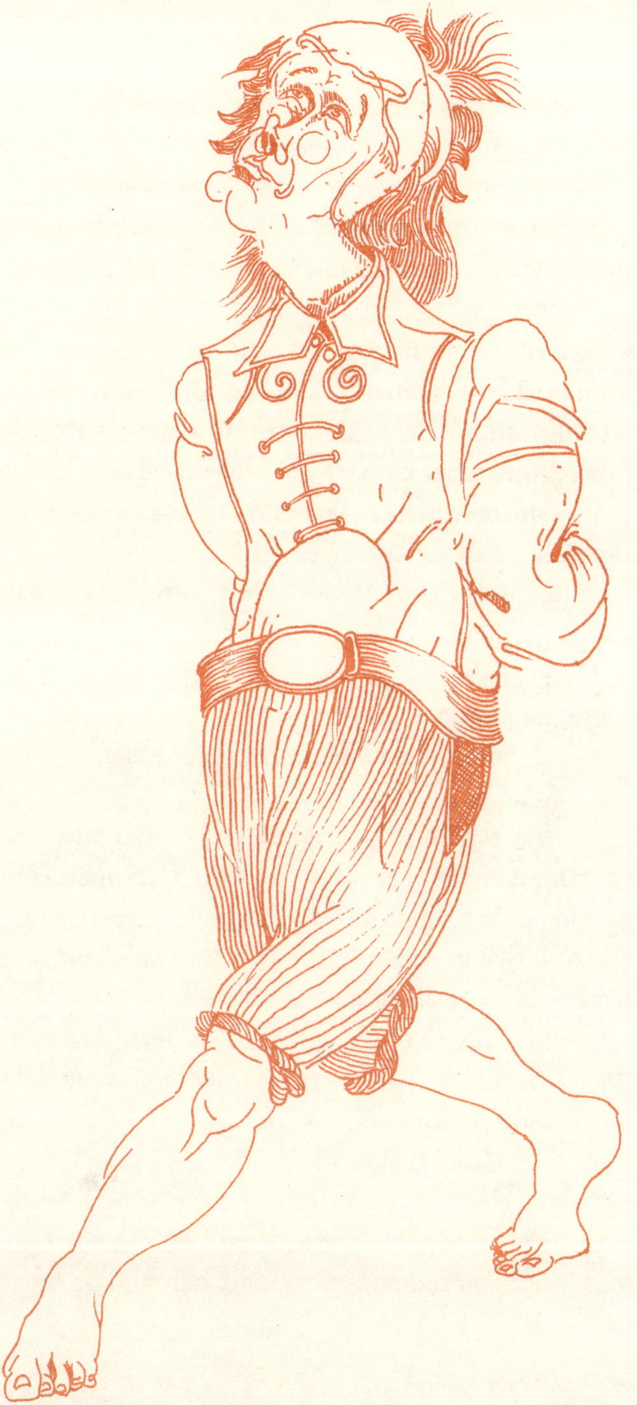

— Se o senhor me culpar por obedecer suas ordens, deverá pagar por isso também.

— Está bem — disse o patrão novamente.

No primeiro dia de trabalho, Jack recebeu pouca alimentação e foi obrigado a trabalhar duro. No dia seguinte ele entrou na casa pouco antes de o jantar ser servido. Estavam tirando o ganso do espeto; Jack tirou uma faca do guarda-louças e cortou um pedaço do peito, uma coxa e uma asa. O patrão entrou e começou a ralhar com ele pela sua ousadia:

— Oh, meu patrão, sabe, o senhor precisa me alimentar, e aonde quer que o ganso vá, não precisarei me alimentar de novo até a hora do jantar. Está arrependido do nosso acordo?

O patrão estava prestes a gritar que sim, mas se conteve a tempo.

— Oh, não, de jeito nenhum — disse ele.

— Está bem — disse Jack.

No dia seguinte, Jack deveria ir buscar turfa no pântano. Ninguém se arrependeu de o ter mandado para longe da cozinha na hora do almoço. Ele reclamou que o desjejum não estava pesando o suficiente em seu estômago, e então disse à patroa:

— Eu acho, senhora, que será melhor para mim pegar meu almoço agora, e não perder tempo voltando do pântano para comer.

— É verdade, Jack — disse a dona da casa.

Então ela trouxe um bom pão, um pedaço de manteiga e uma garrafa de leite para ele levar consigo. Mas Jack ficou sentado ali mesmo, não saiu do lugar até que o pão, a manteiga e o leite tivessem sido devorados.

— Agora, patroa — disse ele —, eu chegarei mais cedo ao meu trabalho amanhã se dormir confortavelmente abrigado sobre uma pilha de turfa seca, sobre o capim seco, sem ter de voltar para cá. Assim, a senhora poderá me dar também o jantar e não terá mais que se preocupar com isso durante o resto do dia.

Ela lhe deu o jantar, pensando que ele o levaria consigo ao pântano. Mas Jack devorou a comida ali mesmo e não deixou uma migalha sequer para contar a história. A patroa ficou um pouco atônita. Então Jack pediu para falar com o patrão e disse:

— O que o senhor costuma mandar os criados fazerem depois de terem comido o jantar?

— Nada, além de irem para a cama.

— Oh, muito bem, senhor! — Então Jack subiu ao jirau do celeiro, tirou a roupa e se deitou para dormir, mas alguém que o viu foi contar ao patrão, que correu até lá.

— Jack, seu patife maldito, o que significa isso?

— Fui dormir, patrão, porque a patroa, Deus a abençoe, deu-me o desjejum, o almoço e o jantar, e o senhor mesmo disse que, em seguida, eu deveria ir dormir. Está me culpando, senhor?

— Sim, seu malandro, estou sim!

— Então dê-me uma libra e quatro pence, por favor, senhor.

— Uma libra e quatro pence, seu malandro! E por quê?

— Oh, veja, o senhor se esqueceu de nosso acordo. Está arrependido?

— Oh, sim! Não! Quero dizer, não! Eu lhe darei o dinheiro depois do seu cochilo.

Na manhã seguinte, Jack perguntou ao patrão o que deveria fazer naquele dia.

— Segure[4] o arado na terra ao redor do celeiro ainda não cultivada — respondeu o patrão.

Às nove horas da manhã ele foi lá para ver que tipo de lavrador era Jack, e o que ele viu foi o rapazinho segurando as cordas, puxando os sinos dos cavalos sem parar, a relha e a sega do arado patinhando na terra.

— O que está fazendo, seu malandro? — disse o patrão.

— Estou tentando segurar esse maldito arado, como o senhor pediu, mas esse pestinha desse moleque fica batendo nos animais, apesar do que eu lhe disse; o senhor não quer falar com ele?

— Não, mas quero falar com você, seu bobalhão! Ao dizer "segurar o arado", eu quis dizer "segar com o arado", isto é, revolver o solo!

— Ora, foi mesmo? Eu gostaria que o senhor o tivesse dito. Está me culpando pelo que fiz?

O patrão se recompôs, mas estava tão aborrecido que não disse nada.

— Vá e are o solo agora, seu malandro, como todos os trabalhadores fazem.

— Mas o senhor está arrependido do nosso acordo?

---

[4] Trocadilho com o verbo "segar" que é "cortar". (N.T.)

— Oh, não, de jeito nenhum!
Jack arou o solo como um bom trabalhador durante o resto do dia.
Um ou dois dias depois, o patrão pediu-lhe que fosse tomar conta das vacas num campo que tinha metade da sua área plantada com milho novo.
— Tome cuidado particularmente em manter a vaca Browney longe dos grãos — disse ele. — Enquanto ela estiver longe da confusão, você não precisará ter medo do resto.
Ao meio-dia, ele foi ver como Jack desempenhava a sua tarefa e encontrou-o dormindo com o rosto sobre a relva, e Browney pastando perto de um arbusto de urzes, com uma das extremidades de uma corda amarrada a seus chifres e a outra na árvore, e o resto dos animais todos pisoteando a plantação e comendo todo o milho. E lá veio a bronca para cima de Jack:
— Jack, seu vagabundo, você está vendo o que as vacas estão fazendo?
— O senhor está me culpando, patrão?
— Certamente, seu malandro preguiçoso, estou sim!
— Então passe-me uma libra e quatro pence, patrão. O senhor disse que se eu mantivesse a Browney longe da confusão, o resto do gado não faria mal nenhum. Aí está ela, inofensiva como um carneirinho. Está arrependido de ter me contratado, patrão?
— Bem, sim! Isto é, não! Eu lhe darei seu dinheiro quando você for jantar. Agora entenda, não deixe mais nenhuma vaca entrar no campo de grãos pelo resto do dia.

— Não se preocupe, patrão! — e ele também não se preocupou. Mas o avarento preferia não tê-lo empregado.

No dia seguinte, faltavam três novilhos, e o patrão pediu a Jack que fosse procurá-los.

— Onde devo procurá-los? — disse Jack.

— Oh, em todos os lugares em que seja provável e improvável que eles estejam!

O avarento estava ficando cuidadoso e preciso com as palavras. Quando foi ao celeiro, na hora do almoço, encontrou Jack puxando grandes porções de sapé do telhado e espiando pelo buracos que fazia na cobertura.

— O que está fazendo aí, seu patife?

— Ora, estou procurando os novilhos, os coitados!

— Mas o que os traria até aqui?

— Eu não acho que alguma coisa possa tê-los trazido para cá, mas eu procurei antes nos lugares possíveis, isto é, nos cercados das vacas, nos pastos e nos campos próximos, e agora estou procurando no lugar mais improvável que pude imaginar. Talvez isso não seja agradável para o senhor.

— Certamente que isso não me agrada, seu idiota!

— Então senhor, por favor, dê-me uma libra e quatro pence antes de se sentar para almoçar. Acho que está arrependido de ter me contratado.

— Que o demônio... Oh, não! Não estou arrependido. Por favor, você poderia começar a recolocar o sapé do telhado, do mesmo modo como o colocaria no telhado da choupana de sua mãe?

— Oh, claro, senhor, eu o farei de coração!

No momento em que o fazendeiro saiu da casa, depois do almoço, Jack já havia consertado o telhado, que ficou melhor do que antes, pois ele mandara o ajudante pegar sapé novo.

Quando saiu, o patrão lhe disse:

— Vá Jack, procure os novilhos e traga-os para casa.

— Mas procurá-los onde?

— Vá e procure-os como se fossem seus.

Antes do pôr do sol, os novilhos estavam todos no cercado. Na manhã seguinte, o patrão disse:

— Jack, o caminho que atravessa o pântano até o pasto está muito ruim, os carneiros afundam a cada passo, vá e arrume o caminho para as patas dos carneiros.

Cerca de uma hora depois, ele foi até o pântano e encontrou Jack afiando uma faca e os carneiros pastando à sua volta.

— É assim que você pretende arrumar o caminho, Jack? — disse ele.

— Tudo precisa ter um começo, patrão — respondeu Jack —, e uma coisa com um bom começo já está feita pela metade. Estou afiando a faca e cortarei todas as patas dos carneiros do rebanho antes que o senhor tenha tido tempo de se abençoar.

— Cortar as patas dos meus carneiros, seu maldito patife? E para que você quer fazer isso?

— Para arrumar o caminho, como o senhor me mandou fazer. O senhor disse: "Jack, arrume o caminho com as patas dos carneiros".

— Oh, seu imbecil, eu quis dizer "arrume o caminho para as patas dos carneiros"!

— É uma pena, mas o senhor não disse isso não, patrão. Dê-me uma libra e quatro pence, se não quiser que eu termine meu trabalho.

— Demônios o levem, com sua libra e seus quatro pence!

— É melhor o senhor rezar do que me amaldiçoar, patrão. Talvez esteja arrependido do acordo.

— Para dizer a verdade, estou... Ainda não, de qualquer modo, não!

Na noite seguinte, o patrão estava a caminho de um casamento e, antes de sair, disse a Jack:

— Sairei de lá mais ou menos à meia-noite e quero que você vá me buscar, pois se eu tiver abusado um pouco da bebida, ficarei com medo de voltar só. Se você chegar antes da hora, pode me lançar um olhar de carneiro[5] que eu pedirei a eles que providenciem algo para você também.

Mais ou menos às onze horas, quando o patrão já estava bastante alegre, sentiu algo viscoso bater-lhe no rosto. O objeto caiu ao lado de seu copo, e quando olhou, viu que era o olho de um carneiro. Não conseguiu imaginar quem o teria jogado, ou por que fora jogado. Depois de algum tempo, recebeu uma pancada no outro lado do rosto, e era outro olho de carneiro. Ficou muito aborrecido, mas achou melhor não dizer nada. Depois de dois minutos, quando se preparava para

---

[5] "Dar uma piscadela." (N.T.)

tomar uma sopa, outro olho de carneiro foi jogado para dentro de sua boca aberta. Cuspiu o olho e gritou:

— Oh, dono da casa, não é uma vergonha o senhor ter convidado alguém que faz esse tipo de coisa tão nojenta?

— Patrão — disse Jack —, não acuse esse homem tão honesto. Fui eu mesmo que joguei os olhos de carneiro no senhor, para avisá-lo de que eu estava aqui e que queria beber à saúde do noivo e da noiva. O senhor sabe, foi o senhor mesmo que me pediu para fazer isso.

— O que eu sei é que você é um grande patife! E onde é que conseguiu esses olhos de carneiro?

— E de onde mais eu poderia consegui-los, senão das cabeças de seus próprios carneiros? O senhor acha que eu poderia fazer isso com os animais da vizinhança, cujos donos depois me castigariam terrivelmente?

— Pobre de mim, que tive a má sorte de encontrar você!

— Todos aqui são testemunhas — disse Jack — de que meu patrão está arrependido por ter me encontrado. Meu prazo terminou. Patrão, dê-me meus salários em dobro e venha até o recinto ao lado. Deite-se no chão como um homem decente para que eu arranque uma tira de pele de um centímetro de largura, dos seus ombros até os quadris.

Todos gritaram contra essa barbaridade, mas Jack disse:

— Vocês não o impediram quando ele arrancou as mesmas tiras de pele das costas de meus dois irmãos, e os mandou de volta para casa naquele estado, sem piedade, para a nossa pobre mãe.

Quando as pessoas ouviram o que acontecera, ficaram até ansiosas em ver o serviço realizado. O patrão resmungou e gemeu, mas não tiveram misericórdia. Foi desnudado até os quadris, e o fizeram deitar-se no chão do recinto; Jack pegou a faca e se preparou para começar.

— Agora, seu velho canalha e cruel — disse ele, fazendo alguns cortes no chão com a faca —, eu lhe farei uma proposta. Além de meus salários em dobro, dê-me duzentas moedas para ajudar meus pobres irmãos, e eu o pouparei do esfolamento.

— Não! — disse ele. — Prefiro ser esfolado primeiro, da cabeça aos pés!

— Então, lá vai! — disse Jack, com um sorrisinho.

Mas com o primeiro arranhão que Jack lhe deu, o avarento gritou:

— Pare, eu lhe darei o dinheiro!

— Agora, vizinhos — disse Jack —, vocês não devem pensar mal de mim mais do que eu mereço. Eu não teria coragem de arrancar um único olho de um rato qualquer. Consegui meia dúzia de olhos de carneiro com o açougueiro, e só usei três deles.

Então todos voltaram ao local da festa, convidaram Jack a sentar e beberam à sua saúde, e ele bebeu à saúde de todos. Seis rapazes fortes acompanharam Jack e o seu patrão até em casa e esperaram na sala de visitas até o velho subir e voltar trazendo as duzentas moedas e os salários em dobro para seu empregado.

Quando Jack chegou em sua casa, trouxe com ele o sol do verão para a pobre mãe e os irmãos feridos e nunca mais foi chamado de Jack Bobo, mas sim de "Jack Esfola Avarento".

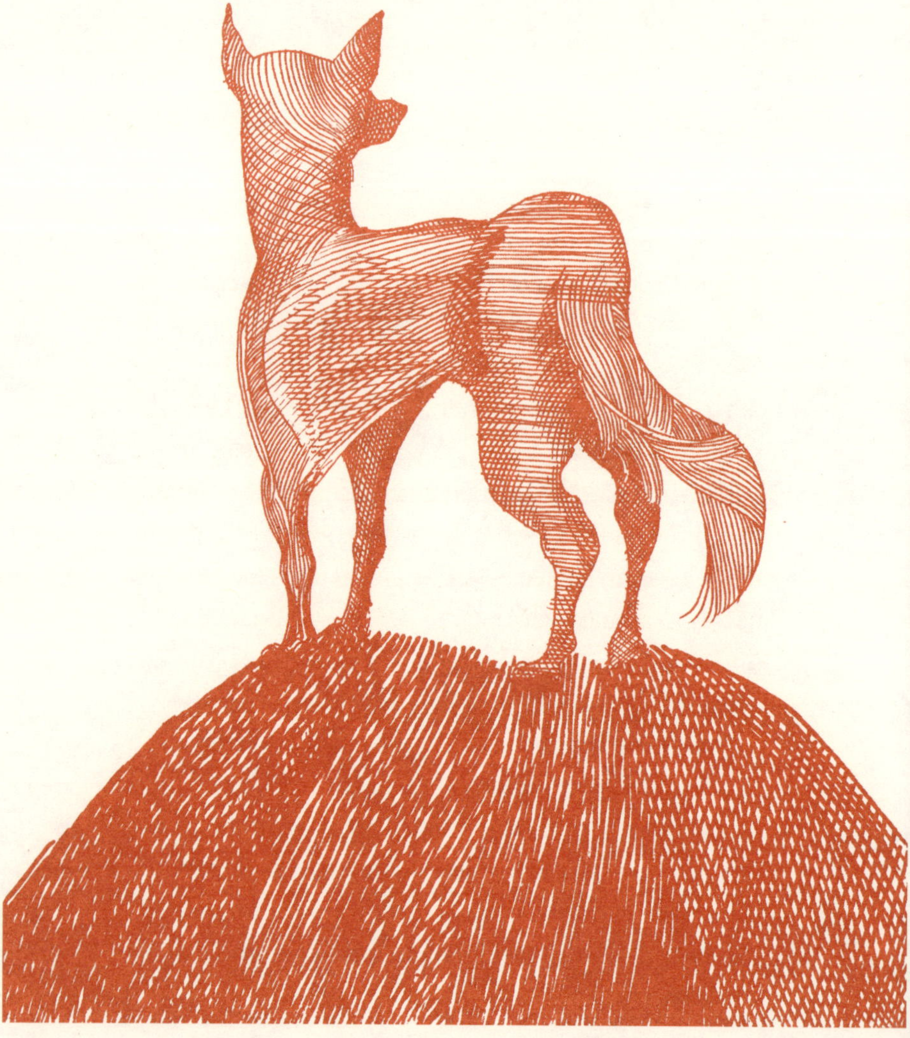

O SANTUÁRIO GELLERT

O príncipe Llewelyn tinha um cão favorito chamado Gellert, que lhe fora presenteado pelo sogro, o rei John. Era manso como um carneiro em casa, mas bravo como um leão quando ia caçar. Um dia, Llewelyn foi à caça e tocou a corneta diante do castelo. Todos os seus cães atenderam ao chamado, menos Gellert. Então ele tocou mais alto e chamou Gellert pelo nome, mas o cão não aparecia. Finalmente o príncipe resolveu não esperar mais e foi caçar sem Gellert. Não se divertiu muito naquele dia, porque Gellert não estava com ele; era o mais veloz e corajoso de seus cães.

Voltou rapidamente ao castelo e, quando chegou ao portão, viu Gellert vindo ao seu encontro. Mas quando o cão se aproximou, o príncipe ficou espantado ao ver que sua boca e suas presas estavam cheias de sangue. Llewelyn recuou, e o cão se aninhou junto aos seus pés, surpreso ou assustado com o modo como o dono o saudava.

O príncipe Llewelyn tinha um filho pequeno, de um ano de idade, com quem Gellert costumava brincar. Um pensamento terrível passou pela mente do príncipe e o fez sair correndo em direção ao quarto do filho. Quanto mais ele se aproximava, mais sangue e desordem ele encontrava nos recintos pelos quais ia passando. Entrou correndo no quarto do filho e encontrou o berço virado e todo manchado de sangue.

O príncipe foi ficando cada vez mais apavorado e começou a procurar o seu filhinho. Não conseguia encontrá-lo em nenhum lugar, mas só os sinais de algum conflito terrível no qual se havia derramado muito sangue. Finalmente ele teve certeza de que o cão havia atacado seu filho e, gritando para Gellert, disse:

Seu monstro, você devorou meu filho! — e, puxando sua espada, enfiou-a no ventre do cão, que caiu com um gemido profundo e ainda olhando profundamente nos olhos do dono.

Tão logo Gellert soltara seu gemido mortal, o choro de um bebê respondeu a ele, vindo de trás do berço, e foi ali que Llewelyn encontrou seu filho ileso e recém-desperto do seu sono. Bem ao seu lado, jazia o corpo de um grande lobo, todo despedaçado e coberto de sangue. Tarde demais, Llewelyn percebeu o que acontecera enquanto estava fora. Gellert ficara para trás para zelar pelo filho do príncipe e combatera e matara o lobo que havia tentado destruir o herdeiro.

Foi em vão toda a tristeza de Llewelyn, ele jamais conseguiria trazer seu fiel cão de volta à vida. Então ele o enterrou do lado de fora dos muros do castelo bem diante da grande montanha de Snowdon, onde todos que por ali passassem pudessem ver seu túmulo, e erigiu um grande monumento de pedras. Desde aquele dia, o lugar é chamado de Santuário Gellert, ou o Túmulo de Gellert.

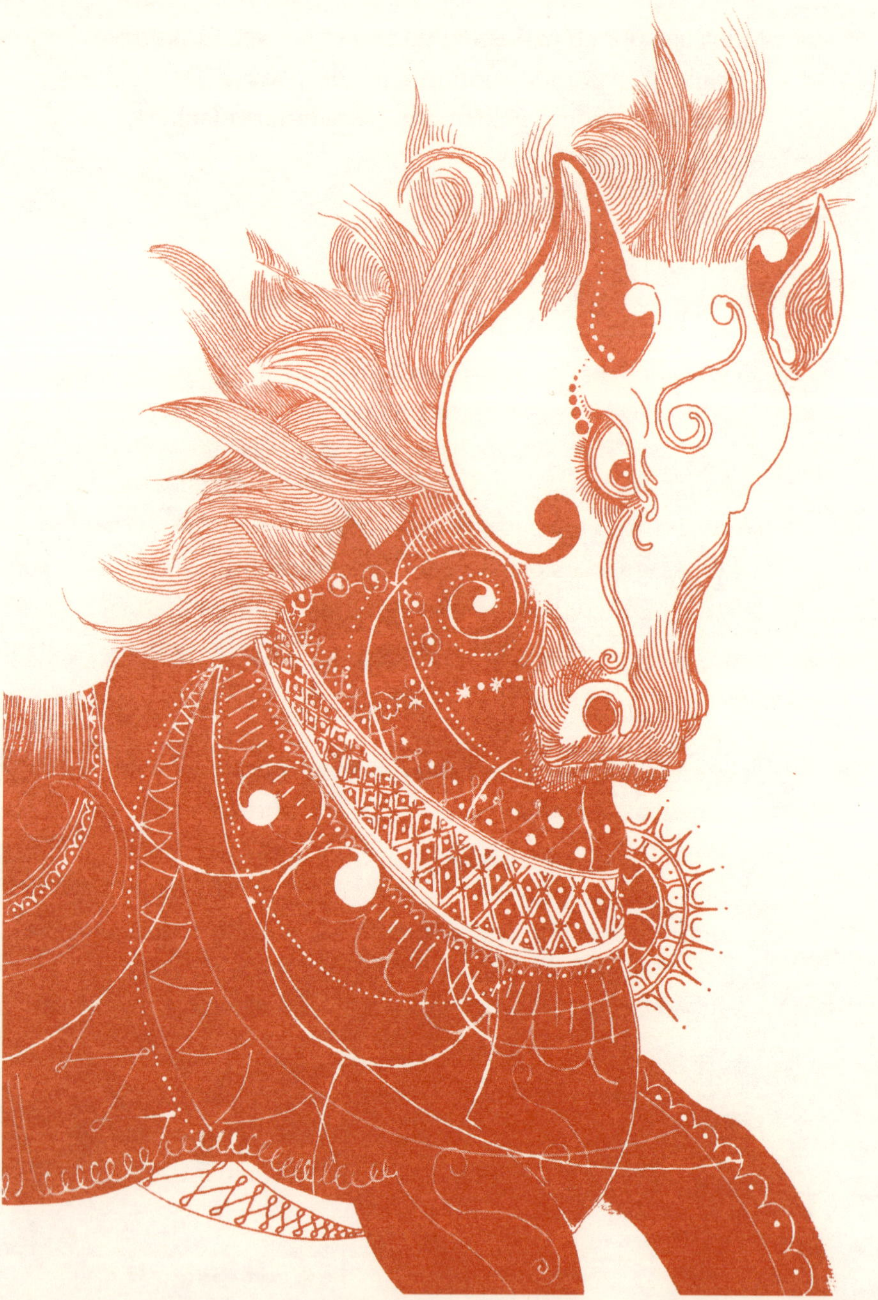

CONALL YELLOWCLAW

Conall Yellowclaw era um vigoroso arrendatário de terras em Erin, e tinha três filhos. Naquela época, havia um rei para cada quinto habitante de Erin. Os filhos do rei mais próximo a Conall estavam sempre brigando com os seus filhos, até que esses conseguiram dominar os filhos do rei e mataram o mais velho deles. O rei enviou uma mensagem a Conall, dizendo:

"Oh, Conall! O que fez seus filhos brigarem com os meus, até meu filho mais velho ser morto por eles? Eu vejo que, apesar de querer vingança, não serei uma pessoa muito melhor se o fizer, e então quero combinar uma coisa com você, e se o fizer, não vou me vingar. Se você e seus filhos conseguirem me trazer o cavalo castanho do rei de Lochlann, ganhará as almas de seus filhos."

— Por quê? — disse Conall. — Eu não deveria dar esse prazer ao rei, apesar das almas de meus filhos estarem ameaçadas. Difícil é a tarefa que o senhor exige de mim, mas eu perderia minha própria vida e a vida de meus filhos para dar-lhe esse prazer.

Depois dessas palavras, Conall deixou o rei e foi para casa. Quando chegou, sentiu-se muito perturbado e perplexo. Quando foi se deitar, contou à esposa o que o rei lhe propusera, e ela ficou muito triste quando soube que ele seria obrigado a partir para longe dela, sem saber se voltaria.

— Oh, Conall — disse ela —, por que você não deixa o próprio rei satisfazer o desejo de seus filhos, em vez de ir agora, quando nem sei se voltarei a vê-lo novamente?

Ao se levantar, de manhã cedo, ele se preparou, preparou seus três filhos, e todos iniciaram a jornada em direção a Lochlann, sem fazer nenhuma parada, atravessando até o oceano para chegar lá. Quando chegaram em Lochlann, não sabiam o que fazer, e o velho homem disse a seus filhos:

— Vamos parar e procurar a casa do moleiro do rei.

Quando chegaram à casa do moleiro do rei, o homem lhes disse que deviam parar e passar a noite ali. Conall disse ao moleiro que seus próprios filhos e os filhos do seu rei haviam brigado e que seus filhos haviam matado o filho mais velho do rei, e que nada o faria desistir da vingança, a não ser o cavalo castanho do rei de Lochlann.

— Se você pudesse fazer a gentileza de me conseguir um meio de chegar até ele, com certeza eu lhe pagarei muito bem.

— É muito difícil isso que você veio buscar — disse o moleiro —, pois o rei se afeiçoou tanto ao animal que você não o conseguirá de modo algum, a menos que o roube. Mas se você puder encontrar um meio, eu o manterei em segredo.

— É o que estou pensando — disse Conall —; como você está trabalhando todos os dias para o rei, você e seus empregados poderiam me colocar, a mim e meus filhos, dentro de cinco sacos de farelo.

— O plano que veio à sua cabeça não é mau — disse o moleiro.

O moleiro falou com seus empregados, dizendo-lhes que fizessem o que Conall pedira, e então eles os colocaram em cinco sacos. Os empregados do rei vieram pegar o farelo, e levaram os cinco sacos com eles, esvaziando-os diante dos cavalos. Os criados trancaram as portas e foram embora.

Quando os cinco se levantaram para colocar as mãos no cavalo castanho, Conall disse:

— Vocês não devem fazer isso. É difícil sair daqui. Vamos fazer cinco buracos para servirem de esconderijo, assim, se nos ouvirem, teremos onde nos esconder.

Fizeram os buracos e então puseram as mãos no cavalo. O cavalo era indomado e começou a fazer um barulho terrível no estábulo. O rei ouviu o barulho.

— Deve ser meu cavalo castanho — disse ele aos empregados. — Descubram o que há de errado com ele.

Os criados saíram, e quando Conall e seus filhos os viram chegando, entraram nos buracos para se esconder. Os criados procuraram entre os cavalos, mas não acharam nada de errado; então voltaram e contaram isso ao rei, e o rei disse que, se não havia nada de errado, deveriam voltar às suas casas e descansar.

Depois que os empregados foram embora, Conall e seus filhos puseram as mãos de novo no cavalo. Se o barulho que ele fizera antes já tinha sido grande, dessa vez foi sete vezes maior. O rei enviou uma mensagem a seus empregados novamente e disse ter certeza de que algo estava perturbando o cavalo castanho.

— Vão e olhem bem em volta dele.

Os criados foram até lá, e os cinco se esconderam em seus buracos. Os criados vasculharam bem tudo em volta, mas não encontraram coisa alguma. Voltaram e contaram tudo ao rei.

Isso é espantoso, para mim. — disse o rei. — Vão deitar-se de novo, e se eu notar algum barulho novamente, irei pessoalmente verificar.

Quando Conall e seus filhos perceberam que os empregados haviam ido embora, puseram as mãos no cavalo de novo, e um deles conseguiu pegá-lo, e se o barulho que o cavalo fez nas duas vezes anteriores foi grande, dessa vez foi maior ainda.

— Desta vez eu também vou — disse o rei. Deve haver alguém perturbando meu cavalo castanho.

Tocou o sino violentamente, e quando o vigia chegou, ele lhe disse para avisar os empregados do estábulo que havia algo de errado com o cavalo. Os empregados vieram, e o rei foi com eles. Quando Conall e seus filhos perceberam o grupo se aproximando entraram nos esconderijos.

O rei era um homem cauteloso e viu onde os cavalos estavam fazendo barulho.

— Tenham cuidado! — disse o rei. — Há homens dentro do estábulo, vamos tentar pegá-los de qualquer jeito.

O rei seguiu as pegadas dos homens e os encontrou. Todo mundo conhecia Conall, pois era um honrado arrendatário do rei de Erin, e quando o rei os trouxe para fora dos buracos, disse:

— Oh, Conall, é você que está aqui?

— Sou eu, ó rei, sem dúvida, e foi a necessidade que me fez vir aqui. Peço-lhe perdão, com sua honra e sua graça.

Contou ao rei o que sucedera e que ele teria de conseguir o cavalo castanho e levá-lo ao rei de Erin, senão seus filhos seriam condenados à morte.

— Eu sabia que não o obteria se fosse pedi-lo ao senhor, por isso pretendia roubá-lo.

— Sim, Conall, está bem, mas entre — disse o rei.

Pediu aos seus vigias que cuidassem dos filhos de Conall e que lhes dessem alguma comida. E colocou o dobro de vigias naquela noite para tomarem conta dos filhos de Conall.

— Agora, ó Conall — disse o rei —, você já esteve em situação pior do que esta, de imaginar todos os seus filhos enforcados amanhã? Mas você apelou para minha bondade e minha graça e disse que foi a necessidade que o trouxe aqui, por isso não enforcarei você. Conte-me qualquer caso no qual você esteve em pior situação do que agora e, se o fizer, ganhará a alma de seu filho mais novo.

— Vou contar-lhe um caso muito difícil no qual me envolvi — disse Conall.

Eu era um rapaz muito jovem, meu pai tinha muitas terras, tinha muitas vacas de bastante idade, e uma delas acabara de parir. Meu pai pediu-me que a trouxesse para casa. Encontrei a vaca e levei-a comigo. Caiu uma tempestade de neve. Entramos no estábulo, levamos a vaca e o bezerro para dentro e esperamos passar a tempestade. E o que entrou ali, senão um bando de gatos? E um gato enorme, ruivo e de um olho só era o bardo chefe deles. Quando entraram, mostrei que realmente não gostava de sua companhia.

— Comecem a cantar — disse o chefe. — Por que devemos ficar quietos? Cantem um estribilho para Conall Yellowclaw.

Fiquei atônito ao ver que os gatos sabiam meu nome. Depois que cantaram o estribilho, o bardo chefe disse:

— Agora, ó Conall, pague a recompensa aos gatos que cantaram o estribilho para você.

— Bem, então — disse eu —, não tenho nenhuma recompensa para vocês, a menos que peguem aquele bezerro.

Mal eu pronunciara as palavras, dois dos gatos desceram para atacar o bezerro, e, realmente, ele não durou muito.

— Toquem! Por que estão quietos? Façam um estribilho para Conall Yellowclaw — disse o bardo chefe.

Certamente eu não estava gostando muito do estribilho, mas eis que vieram os gatos todos juntos e, se não cantassem o estribilho, ai deles!

— Pague-lhes a recompensa — disse o grande gato de cor ruiva.

— Estou cansado de vocês e de suas recompensas — disse eu. — Não tenho nenhuma recompensa para vocês, a não ser aquela vaca ali.

Eles atacaram a vaca e, de fato, ela não durou muito.

— Querem ficar quietos? Subam e cantem um estribilho para Conall Yellowclaw — disse o bardo chefe.

E com certeza, ó rei, eu não gostei nem deles nem do estribilho, pois comecei a ver que não eram bons camaradas. Quando terminaram de cantar, desceram até onde estava o bardo chefe.

— Agora pague a recompensa deles — disse o bardo chefe, e, com certeza, ó rei, eu não tinha com que pagar a recompensa, então eu lhes disse:

— Não tenho recompensa para vocês! — e, com certeza, ó rei, foi uma horrível cantoria de miados estridentes entre eles.

Então eu saltei por uma janela na parte de trás da casa e corri o máximo que pude para dentro do bosque. Naquela época eu era rápido e forte o suficiente; e quando senti o ruído do rastejar dos gatos atrás de mim, subi na árvore mais alta que vi no local, de copa espessa, onde me escondi o melhor que pude. Os gatos começaram a me procurar no bosque, mas não conseguiram me achar, e quando se cansaram, disseram uns aos outros que iriam retornar.

— Mas — disse o gato ruivo de um olho só, que era o chefe e comandante deles — vocês não o viram com seus dois olhos, e, apesar de ter um olho só, eu estou vendo o malandro ali em cima da árvore.

Quando ele disse isso, um deles subiu na árvore e tentou se aproximar de onde eu estava, mas puxei uma arma que levava comigo e o matei.

— Agora eu mesmo o pego! — disse o caolho. — Não preciso perder meu companheiro assim, reúnam-se em volta da raiz da árvore e cavem, até esse vilão cair no chão!

Eles se reuniram sob a árvore e cavaram em volta da raiz e, assim que cortaram o primeiro braço de raiz, a árvore estremeceu, ameaçando cair. Então eu dei um grito, o que não era de se espantar. Nos arredores do bosque encontrava-se um padre, com dez homens, vasculhando as redondezas, e o padre disse:

— Ouvi o grito de um homem em perigo e não posso deixar de responder a ele.

E o mais sábio dos homens do grupo disse:

— Vamos ficar quietos até ouvi-lo novamente.

Os gatos começaram a cavar de novo, selvagemente, e conseguiram romper outro pedaço de raiz. Eu dei outro grito e, de fato, não foi dos mais fracos.

— Certamente — disse o padre — é um homem em perigo. Vamos nos mexer.

Eles se prepararam para ir até lá. E os gatos atacaram a árvore, romperam o terceiro pedaço de raiz, e a árvore se inclinou. Então dei o terceiro grito. Os homens apressaram-se decididos e, quando viram como os gatos avançavam na árvore, começaram a bater neles com as pás, e todos começaram a brigar, até que os gatos fugiram. E certamente, ó rei, eu não me mexi até ver o último deles ir embora. Então voltei para casa. Esta foi a situação mais difícil em que me envolvi. E parece-me que ser despedaçado pelos gatos é bem pior do que ser enforcado amanhã pelo rei de Lochlann.

Oh! Conall — disse o rei —, você está muito prolixo, mas libertou a alma de seu filho com essa história, e se me contar um caso mais difícil do que esse, obterá a liberdade de seu outro filho mais novo, e então terá salvo dois filhos.

Está bem — disse Conall. — Sob essa condição, eu lhe contarei como uma vez me encontrei numa situação muito mais difícil do que estar em seu poder e ser preso hoje à noite.

Vamos ouvir — disse o rei.

Quando eu era um jovem rapaz — disse Conall —, fui caçar. As terras de meu pai ficavam junto ao mar, eram íngremes, com rochas, cavernas e falésias. Ao subir no topo da falésia, vi algo como uma fumaça subindo por entre duas rochas, e tentei ver qual poderia ser o significado daquela fumaça que subia por ali. Enquanto tentava ver, eu caí, mas o local estava tão cheio de urzes que não quebrei nenhum osso nem esfolei a pele. Não sabia como sair dali. Não olhei à minha frente, mas para cima, para o lugar de onde eu tinha vindo, pensando que nunca chegaria o dia em que conseguiria subir até lá. Era terrível, para mim, pensar que ficaria ali até morrer. De repente ouvi um grande estardalhaço de algo se aproximando, e o que eu vi ali senão um enorme gigante e duas dúzias de cabras com ele, encabeçadas por um bode. E depois que o gigante amarrou as cabras, ele subiu e me disse:

— Hao O! Conall, há muito tempo minha faca está descansando em minha algibeira, esperando pela sua carne macia!

— Oh! — disse eu. — Não é muito o que você ganhará comigo, pois apesar de me trinchar em pedaços, para você eu serei só uma pequena refeição. Mas vejo que você só tem um olho. Sou um bom sangrador e poderei lhe dar a visão do outro olho.

O gigante foi e colocou um grande caldeirão sobre o fogo. Eu mesmo lhe expliquei como deveria esquentar a água para que eu lhe devolvesse a visão do outro olho. Peguei algumas urzes e as amassei, e depois as joguei no caldeirão. Comecei com o olho bom, dizendo ao gigante que passaria sua visão boa para o outro olho. Na verdade, eu queria deixar os dois em mau estado, e certamente era mais fácil estragar o olho bom do que dar visão ao outro.

Quando ele percebeu que não conseguia enxergar mais nada, e quando eu lhe disse que iria embora de qualquer jeito, ele deu um salto para fora da água e ficou de pé na entrada da caverna, dizendo que se vingaria pela perda da visão do seu outro olho. Não pude fazer nada além de ficar ali agachado a noite toda, segurando a respiração para ele não descobrir onde eu estava.

Quando ele sentiu os passarinhos cantando de manhã e soube que era dia, disse:
— Você está dormindo? Acorde e deixe meu rebanho de cabras sair.
Então eu matei o seu bode. Ele gritou:
— Acho que você está matando meu bode!
— Não estou não — respondi —, mas as cordas estão tão apertadas que demorei para soltá-las.
Deixei uma das cabras sair, e ele a acariciou, e disse a ela:
— Aí está você, sua cabra branca e peluda, você está me vendo, só que eu não posso vê-la.
Continuei deixando as cabras saírem, uma a uma, e comecei a esfolar o bode, e antes que a última cabra saísse eu já havia esfolado sua pele inteira. Então fui e coloquei minhas pernas no lugar de suas patas traseiras, minhas mãos no lugar de suas patas dianteiras, minha cabeça no lugar de sua cabeça e os chifres no topo de minha cabeça, para que o brutamontes pensasse que eu era o bode. Então saí. Quando estava saindo, o gigante colocou sua mão em mim e disse:
— Aí está você, meu belo bode, você está me vendo, só que eu não posso vê-lo.
Quando consegui sair e ver o mundo ao meu redor, com certeza, ó rei, a alegria tomou conta de mim. Sacudi a pele de cima de mim e disse ao brutamontes:
— Estou aqui fora agora, apesar de você!
— Aha! — disse ele. — Então você fez isso comigo. Como foi tão corajoso, a ponto de ter conseguido sair, eu lhe darei um anel que trago comigo guarde-o, e ele só vai lhe trazer coisas boas.

— Não vou pegar o anel aí com você — disse eu.

— Atire-o, e eu o levarei comigo. Ele jogou o anel no chão, eu fui e peguei o anel, e o coloquei no dedo. Então ele me perguntou:

— O anel coube em seu dedo?

E eu respondi:

— Sim, coube.

Então ele disse:

— Onde está você, ó anel?

E o anel respondeu:

— Estou aqui!

O brutamontes foi caminhando em direção à voz do anel, e eu percebi que estava numa situação muito mais difícil do que jamais estivera. Então puxei meu punhal. Cortei meu dedo e joguei-o o mais longe que pude, na água, num local de grande profundidade. O gigante gritou novamente:

— Onde está você, anel?

E o anel disse:

— Estou aqui — mas, na verdade, ele estava no fundo do oceano.

E então fiquei feliz quando vi o gigante se afogando, assim como ficarei se o senhor me presentear com minha própria vida e a vida de meus dois filhos, e não me acusar de mais nada.

Depois que o gigante se afogou, eu entrei e levei comigo tudo o que ele possuía, em ouro e prata, e fui para casa, e com certeza todo o meu povo ficou muito feliz quando cheguei. E como uma prova, veja agora, está me faltando um dedo.

Sim, de fato, Conall, você é prolixo e sábio — disse o rei. — Vejo que lhe falta um dedo. Você libertou seus dois filhos, mas conte-me um caso no qual já tenha se envolvido e que foi pior do que ver seu filho enforcado amanhã, e ganhará a alma de seu filho mais velho.

Então meu pai, um dia — disse Conall —, arranjou-me uma esposa, e eu me casei. Fui caçar. Estava caminhando ao longo da praia, quando vi uma ilha ao longe, no meio de um braço de mar, e, quando me aproximei mais um pouco, vi um barco com uma corda na sua frente e uma corda atrás, e muitas coisas preciosas dentro dele. Olhei para o barco para ver como poderia pegá-las. Coloquei um pé dentro dele e o outro pé ficou no chão. Quando ergui a cabeça, o que vi foi o barco indo para além do meio do braço de mar, ele não parou até alcançar a ilha. Quando saí do barco, ele voltou para onde estava antes. Não sabia o que fazer. O lugar não tinha animais nem vegetação, nem nada que parecesse uma casa. Subi ao topo de uma colina. Depois cheguei a uma ravina e vi, dentro dela, no fundo de uma caverna, uma mulher com uma criança. A criança estava nua sobre seus joelhos, e ela tinha uma faca nas mãos. Tentou encostar a faca na garganta do bebê, e esse começou a rir na sua cara, ela começou a chorar e jogou a faca para trás. Pensei comigo mesmo que devia estar perto de meus inimigos e longe de meus amigos e gritei para a mulher:

— O que você está fazendo aqui?

E ela me disse:

— O que o trouxe aqui?
Contei-lhe palavra por palavra como chegara ali.
— Bem, então — disse ela —, foi assim também que eu cheguei.
Mostrou-me então por onde eu deveria entrar para chegar ao lugar em que ela se encontrava. Eu entrei e disse a ela:
— O que houve para você colocar a faca no pescoço dessa criança?
— É que ele deverá ser cozido para o gigante que mora aqui, do contrário, não verei mais o mundo diante de mim.
Naquele instante ouvimos os passos do gigante.
— O que farei? O que farei? — gritou a mulher.
Fui até o caldeirão, e por sorte ainda não estava quente, então entrei nele quando o brutamontes chegou.
— Já cozinhou esse bebê para mim? — gritou ele.
— Ainda não — disse ela.
E eu gritei, de dentro do caldeirão:
— Mamãe, mamãe, já estou cozinhando!
Então o gigante deu uma grande risada e colocou mais lenha sob o caldeirão.
Eu tive certeza de que seria escaldado antes de conseguir sair de lá. Mas como a sorte me favoreceu, o brutamontes adormeceu ao lado do fogo. Lá estava eu, sendo escaldado no fundo do caldeirão. Quando a mulher percebeu que ele adormecera, encostou a boca silenciosamente no buraco da tampa e me perguntou:
— Está vivo?

Eu disse que sim. Levantei a cabeça; o buraco na tampa era tão grande que minha cabeça passou por ele facilmente. Todo o meu corpo ia passando facilmente por ali, até que comecei a passar meus quadris. Deixei a pele dos quadris presa ali, mas consegui sair. Depois que saí do caldeirão, não sabia o que fazer. A mulher me disse que nenhuma arma mataria o gigante, a não ser sua própria arma. Comecei a puxar sua lança e, a cada inspiração sua, eu pensava que ia cair para dentro de sua garganta, e a cada expiração, eu voltava para cima novamente. Mas, apesar de toda desgraça que me acometia, eu consegui soltar a lança. Então eu me senti como sob um telhado de palha num vendaval, pois não conseguia manusear a lança. Era assustador ver aquele brutamontes com um olho só no meio da testa, e não era nada agradável para alguém como eu atacá-lo. Puxei a lança o máximo que pude e enfiei-a no seu olho. Quando ele sentiu o golpe, levantou um pouco a cabeça, e a outra extremidade da lança bateu no teto da caverna, e atravessou a sua cabeça até sair do outro lado. Ele caiu morto ali onde estava; e o senhor pode ter certeza, ó rei, que fiquei muito alegre.

Eu e a mulher saímos para o ar livre e passamos a noite ali. Fui e peguei o barco com o qual viera até a ilha, levei a mulher e a criança para terra firme e voltei para casa.

Naquele momento, a mãe do rei de Lochlann estava acendendo o fogo e, ao ouvir Conall contando a história sobre a criança, perguntou:

— Então era você — disse ela — que estava lá?
— Bem, sim — disse ele. — Era eu.
— Oh! Oh! — disse ela. — Era eu que estava lá, e o rei era a criança que você salvou; é a você que temos de agradecer pela vida!

Então ficaram todos muito alegres, e o rei disse:
— Oh, Conall, você passou por grandes dificuldades, e agora o cavalo castanho é seu, junto com a bolsa cheia das coisas mais valiosas que há em meu tesouro.

Foram dormir cedo naquela noite, e se era cedo quando Conall se levantou, era mais cedo ainda quando a rainha se pôs de pé para aprontar as coisas. Ele pegou o cavalo castanho, a bolsa cheia de ouro e prata e gemas de grande valor, e então Conall e seus três filhos foram embora, voltaram para casa, para o reino de felicidade de Erin. Deixou o ouro e a prata em sua casa e foi, em seguida, levar o cavalo ao rei. Ficaram muito amigos dali em diante e para sempre. Ele voltou para casa, para sua esposa, e prepararam uma grande festa. Foi uma festa e tanto, a melhor que já vi, oh!, meus filhos e irmãos!

HUDDEN E DUDDEN E DONALD O'NEARY

Era uma vez dois fazendeiros, e seus nomes eram Hudden e Dudden. Eles tinham galinhas em seus quintais, carneiros nas terras altas e gado nas terras planas ao longo do rio. Mesmo com tudo isso, eles não eram felizes. Bem no meio de suas duas fazendas vivia um pobre homem chamado Donald O'Neary. Ele tinha uma choupana e uma faixa de grama suficiente apenas para evitar que sua única vaca, Daisy, passasse fome, e apesar de ela se esforçar muito, era raro Donald conseguir um pouco de leite ou um pedaço de manteiga de Daisy. Você poderá pensar que é pouca coisa para despertar a inveja de Hudden e Dudden, mas foi o que aconteceu, pois quanto mais se tem, mais se quer, e os vizinhos de Donald ficavam acordados a noite planejando um modo de se apropriar da pequena faixa de pasto. Quanto à Daisy, coitadinha, nunca pensavam nela; não passava de um saco de ossos.

Um dia Hudden encontrou Dudden, e logo começaram a resmungar, como de costume, sempre

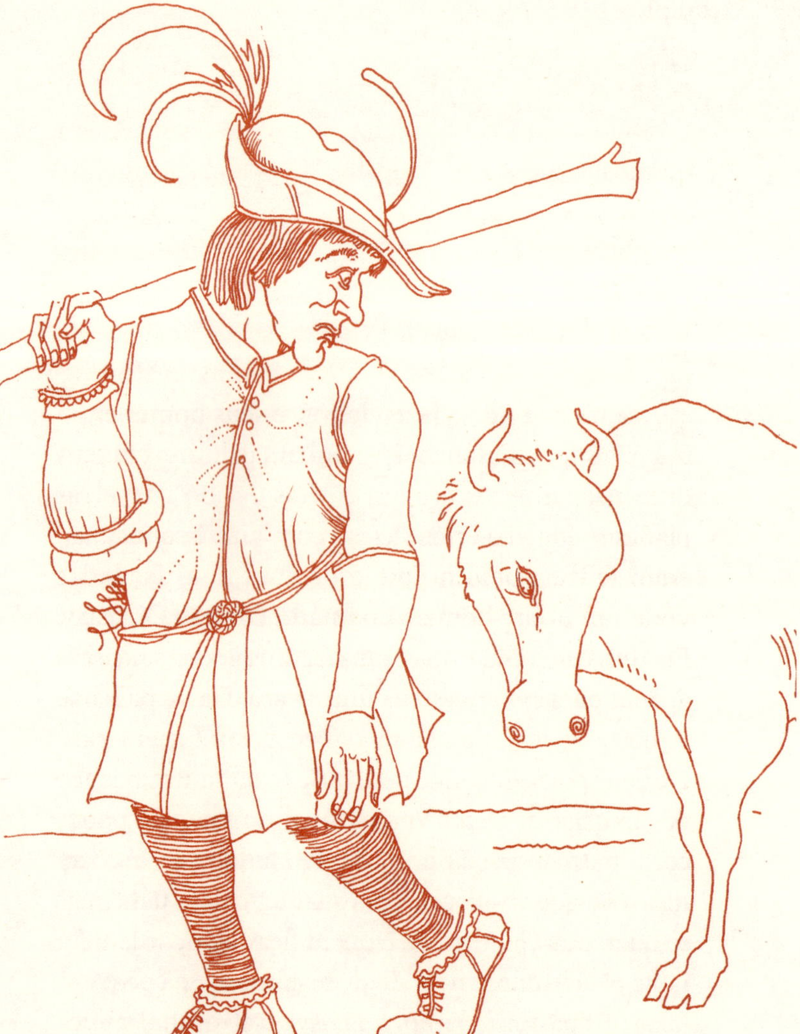

ao som de "se conseguíssemos expulsar esse vagabundo do Donald O'Neary do campo".

— Vamos matar Daisy — disse Hudden, finalmente.

— Se isso não o fizer ir embora, nada fará.

Logo eles concordaram, e ainda não escurecera quando Hudden e Dudden se esgueiraram até a pequena cocheira em que estava a pobre Daisy, tentando fazer o melhor possível para ruminar um bolo de capim, apesar de nem ter conseguido comer durante o dia uma quantidade suficiente que coubesse na mão de alguém. E quando Donald veio ver se Daisy estava se sentindo confortável para passar a noite, o pobre animal só teve tempo de lamber sua mão antes de morrer.

Bem, Donald era um rapaz esperto, e apesar de estar com o coração partido, começou a pensar se poderia extrair alguma vantagem da morte de Daisy. Pensou, e pensou, e no dia seguinte ele foi visto saindo de manhã cedo para ir à feira com o couro de Daisy às costas e todas as moedas que possuía tilintando em seus bolsos. Pouco antes de chegar à feira, ele fez diversos cortes no couro, colocou uma moeda em cada corte, entrou na melhor estalagem da cidade, resoluto como se fosse o próprio dono, e, depois de pendurar o couro num prego na parede, se sentou.

— Dê-me um pouco de seu melhor uísque — disse ele ao dono da estalagem, mas esse não gostou de sua aparência. — Está com medo de que eu não pague, não é? — disse Donald. — Ora, eu tenho um couro aqui que me dá todo o dinheiro que eu quiser.

E, dizendo isso, ele mexeu um pouco no couro com sua bengala, e uma moeda saltou de um dos cortes. Como você pode imaginar, o dono da estalagem arregalou os olhos.

— Quanto você quer pelo couro?

— Não está à venda, meu bom homem.

— Você aceitaria uma moeda de ouro?

— Não está à venda, é o que estou dizendo. Afinal, ele não sustentou a mim e aos meus por todos esses anos? — e, com isso, Donald deu outra pancadinha no couro e uma segunda moeda saltou para fora.

Bem, resumindo, Donald vendeu o couro, e nessa mesma noite quem, senão ele mesmo, caminhou até a porta da casa de Hudden?

— Boa noite, Hudden. Você me emprestaria sua melhor balança?

Hudden espantou-se e coçou a cabeça, mas acabou emprestando a balança. Quando Donald voltou para casa, tirou o ouro cintilante de seu bolso e começou a pesar cada uma das moedas na balança. Mas Hudden colocara um pedacinho de manteiga no fundo dos pratos da balança, assim a última moeda de ouro ficou grudada nela quando Donald a devolveu.

Se Hudden se espantara antes, agora se espantou dez vezes mais, e tão logo Donald virou as costas, saiu correndo para a casa de Dudden.

— Boa noite, Dudden. Aquele vagabundo... que a má sorte o apanhe!

— Você quer dizer Donald O'Neary?

— E quem mais poderia ser? Ele está de volta, pesando sacos cheios de ouro.

— Como você sabe disso?

— Eis a balança que eu lhe emprestei, e eis uma moeda de ouro ainda colada no fundo do prato dela.

Saíram juntos e chegaram à porta da casa de Donald. Esse terminara de contar a última pilha de dez moedas de ouro. Ele não conseguia completá-la, porque faltava uma moeda, a que ficara colada no fundo do prato da balança.

Os dois amigos entraram sem dizer "com licença" nem "permita-me".

— Bem, eu nunca... — foi tudo o que conseguiram dizer.

— Boa noite, Hudden! Boa noite, Dudden! Ah, vocês pensam que me aplicaram um belo de um golpe, mas nunca me prestaram um favor tão grande em todas as suas vidas. Quando encontrei a pobre Daisy morta, pensei comigo mesmo: "Bem, seu couro deve render alguma coisa", e rendeu mesmo. Atualmente os couros valem seus pesos em ouro no mercado.

Hudden cutucou Dudden e Dudden piscou para Hudden.

— Boa noite, Donald O'Neary.

— Boa noite, meus gentis amigos.

No dia seguinte, não restava uma única vaca ou novilho pertencente a Hudden ou a Dudden, pois seus couros foram levados à feira na maior carreta de Hudden, puxada pela mais forte parelha de cavalos de Dudden.

Quando chegaram lá, cada um deles pegou um couro, e começaram a caminhar no meio da feira, berrando em voz alta: "Couros à venda! Couros à venda!".

Apareceu um curtidor que perguntou:

— Quanto vocês querem pelos couros, meus bons homens?

— Seu peso em ouro.

— Ainda é muito cedo esta manhã para vocês saírem tão bêbados da taverna! — Foi tudo o que o curtidor disse, e voltou ao seu quintal.

— Couros à venda! Belos couros frescos à venda!

E então apareceu um sapateiro.

— Quanto vocês querem pelos seus couros, meus bons homens?

— Seus pesos em ouro.

— Estão brincando comigo, não estão? Tome isto para suas dores — e o sapateiro deu um soco tão forte em Hudden que o fez cambalear.

E as pessoas começaram a correr de uma extremidade a outra da feira. "O que houve? O que houve?", gritavam todos.

— É uma dupla de vagabundos vendendo couros pelos seus pesos em ouro — disse o sapateiro.

— Segurem-nos, segurem-nos! — berrou o dono da estalagem, que, de tão gordo, foi o último a chegar.

— Aposto que é um dos vigaristas que me enganou ontem, cobrando trinta moedas de ouro por um couro estragado!

Foram muito mais chutes do que moedas, o que Hudden e Dudden conseguiram levar antes de tomarem o caminho de volta para casa, e só não foram mais devagar porque todos os cães da cidade estavam em seus calcanhares.

Bem, como você pode imaginar, se antes eles já não amavam Donald, agora o amavam menos ainda.

— Qual é o problema, amigos? — disse ele, quando os viu se arrastando, os chapéus amassados na cabeça, as capas rasgadas e os rostos com manchas pretas e azuis. — Vocês se meteram em alguma briga? Ou será que tiveram a falta de sorte de encontrar a polícia?

— Vamos pegar você, seu vagabundo! Você se achou muito esperto ao nos enganar com suas histórias mentirosas.

— Quem os enganou? Vocês não viram o ouro com seus próprios olhos?

Mas não adiantava falar. Ele precisava pagar por aquilo, e ia pagar caro. Havia um saco vazio de farinha logo ali, à mão, e Hudden e Dudden colocaram Donald O'Neary dentro dele, amarrando-o bem, e passaram uma longa vara pelo nó. Cada um deles colocou uma extremidade da vara sobre seu ombro, e Donald O'Neary ficou pendurado entre os dois, e foi carregado em direção ao Lago Marrom do Pântano.

Mas o Lago Marrom era longe, a estrada estava empoeirada, e Hudden e Dudden estavam cansados e suados e ressequidos de tanta sede. Foi quando viram uma estalagem às margens da estrada.

— Vamos entrar — disse Hudden. — Estou morto de cansaço. Ele está bem pesado, apesar do pouco que comeu.

Se Hudden queria assim, Dudden concordava. Quanto a Donald, você pode ter certeza de que não lhe pediram licença. Ele foi jogado ao lado da porta da estalagem como se fosse um saco de batatas.

— Fique quieto aí, seu vagabundo — disse Dudden.

— Se não nos importamos de esperar, você também não vai se importar!

Donald ficou quieto, mas depois de algum tempo ele ouviu os copos tilintando e começou a falar em voz alta.

— Não a quero, eu lhe digo; eu não a quero! — disse Donald, mas ninguém lhe deu atenção.

— Não a quero, eu lhe digo, eu não a quero! — repetiu ele, e dessa vez gritou o mais alto que pôde.

— E quem você não quer, se é que posso me atrever a perguntar? — disse um fazendeiro que acabara de chegar com um carregamento de gado e entrara na estalagem para tomar um trago.

— É a filha do rei. Estão me obrigando a casar com ela.

— Você é um rapaz de sorte. Eu daria qualquer coisa para estar em seu lugar.

— Veja só isto, agora! Não seria ótimo para um fazendeiro casar-se com uma princesa, toda vestida de ouro e joias?

— Joias, você disse? Oh, você não poderia me levar consigo?

— Bem, você é um rapaz honesto, e como não me importo com a filha do rei, apesar de ser bela como o dia, e coberta de joias dos pés à cabeça, você poderá ficar com ela. Desfaça o nó da corda e deixe-me sair; eles me amarraram com força, pois sabiam que eu fugiria dela.

E Donald pulou para fora do saco, e o fazendeiro pulou para dentro.

— Agora fique quietinho aí dentro e não se incomode com as sacudidelas, são só os degraus da escadaria do palácio, que é por onde o levarão. E talvez o chamem de vagabundo, por não querer ficar com a filha do rei, mas não precisa se incomodar com isso. Ah! Esta é uma troca que faço com você, pois estou renunciando em seu favor, o que é tão certo quanto o fato de eu não me importar com a princesa.

— Fique com meu gado em troca — disse o fazendeiro.

E pode adivinhar que não demorou muito para Donald se pôr a caminho com os animais, levando-os para casa.

Hudden e Dudden saíram da estalagem, e um deles pegou uma extremidade da vara, e o outro pegou a outra.

— Acho que está mais pesado — disse Hudden.

— Ora, não se importe — disse Dudden —; só faltam alguns passos até o Lago Marrom.

— Eu a terei! Eu a terei agora! — berrou o fazendeiro de dentro do saco.

— Tenha fé de que a terá mesmo — disse Hudden, e espetou sua bengala no saco.

— Eu a terei! Eu a terei! — berrou o fazendeiro, mais alto do que nunca.

— Bem, aqui estamos — disse Dudden, pois tinham chegado ao Lago Marrom, e sem abrir o saco, jogaram-no diretamente nas águas do lago.

— Nunca mais você vai nos aplicar seus golpes — disse Hudden.

— É verdade — disse Dudden. — Ah, Donald, meu rapaz, foi um péssimo dia aquele em que você me pediu a balança emprestada.

E foram embora, com o passo leve e o coração aliviado; mas quando já estavam perto de suas casas, quem eles viram ali, senão o próprio Donald O'Neary, e com todas aquelas vacas ao seu redor pastando, e os novilhos dando coices e cabeçadas.

É você, Donald? — disse Dudden. — Juro, você foi mais rápido do que nós!

Está certo, Dudden, e deixe-me agradecer-lhe gentilmente, pois a sua intenção foi ruim, mas o resultado foi bom. Você já ouviu falar, como eu também, que o Lago Marrom conduz à Terra da Promissão. Sempre achei que fosse mentira, mas é tão verdadeiro quanto minhas palavras. Veja este gado.

Hudden olhou espantado, e Dudden ficou boquiaberto, mas ambos não podiam deixar de ver o gado, e que era um belo gado, gordo, isso era mesmo.

— São só as piores cabeças, essas que consegui trazer — disse Donald O'Neary. — As outras eram tão gordas, não havia como trazê-las. Juro, não é para menos que estas não se importaram em vir, com esse capim a perder de vista, doce e sumarento como manteiga fresca.

— Oh, Donald, nem sempre fomos amigos — disse Dudden —, mas como eu dizia, você sempre foi um rapaz decente e vai nos mostrar o caminho, não vai?

— Não vejo por que eu faria isso, há muito mais gado lá embaixo, por que não o pegaria todo para mim?

— Bem o dizem, quanto mais rico tanto mais duro o coração. Você sempre foi um bom vizinho, Donald. Não ia querer ficar com toda a boa sorte só para você, não é?

— Está certo, Hudden, apesar de você ter sido um mau exemplo. Mas não ficarei pensando nos velhos tempos. Há gado em abundância para todos ali, portanto, venham comigo.

E lá foram eles, com o coração leve e o passo resoluto. Quando chegaram ao Lago Marrom, o céu estava cheio de nuvenzinhas brancas, e se o céu estava cheio, o lago também estava.

— Ah! Olhem agora, lá estão — gritou Donald, apontando as nuvens espelhadas no lago.

— Onde? Onde? — gritou Hudden.

— Não seja ganancioso! — gritou Dudden, ao pular para dentro da água a fim de ser o primeiro a pegar o gado mais gordo.

Mas se ele pulou primeiro, Hudden não demorou para ir atrás dele. Os dois nunca mais voltaram. Talvez tenham engordado demais, como o gado. Quanto a Donald O'Neary, teve gado e ovelhas todos os dias, pelo resto de seus dias, para a alegria de seu coração.

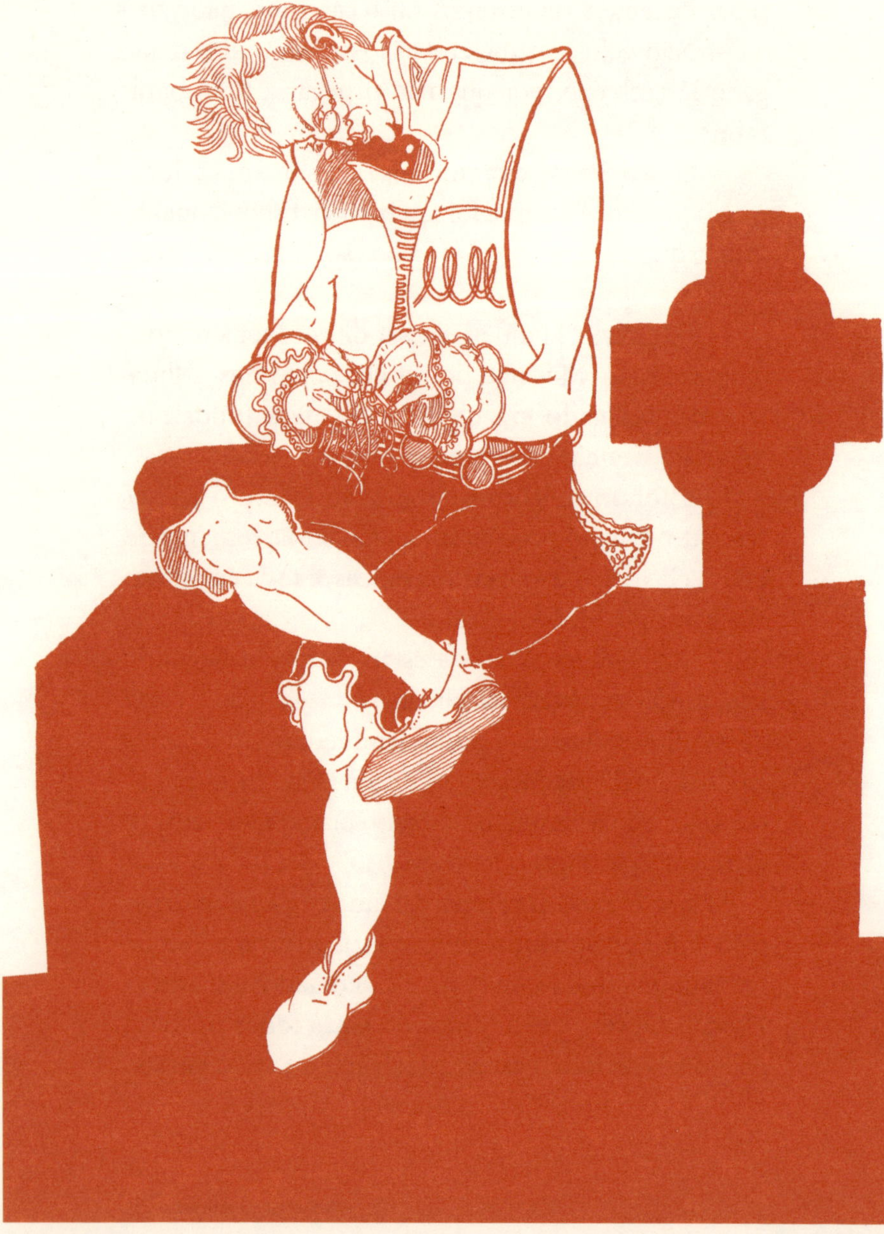

O ALFAIATE ESPERTO

Um esperto alfaiate foi contratado pelo grande Macdonald, em seu castelo de Sadeell, para fazer um par de calções de tecido xadrez, usados nos velhos tempos. Esses calções tinham o colete e os culotes unidos numa só peça e ornamentados com franjas, e eram muito confortáveis e adequados para caminhar ou dançar. E Macdonald dissera ao alfaiate que, se ele quisesse fazer os calções à noite, na igreja, ganharia uma bela recompensa. Pois pensava-se que a velha igreja em ruínas era mal-assombrada, e que coisas assustadoras eram vistas ali à noite.

O alfaiate sabia muito bem disso, mas era um homem esperto, e, quando o latifundiário o desafiou a fazer os calções à noite na igreja, ele não se intimidou, mas aceitou a encomenda para ganhar o prêmio. Assim, quando a noite chegou, lá foi ele para a ravina, a cerca de meia milha de distância do castelo, até chegar à velha igreja. Então escolheu um belo túmulo para se sentar, acendeu uma vela, colocou o dedal e começou a trabalhar nos calções, manejando sua agulha ligeira e pensando no pagamento que o latifundiário lhe daria.

Por algum tempo, ele trabalhou muito bem, até que sentiu todo o chão tremer sob os seus pés, e ao olhar em volta, sem tirar os dedos do trabalho, viu surgir uma grande cabeça humana através do piso de pedra da igreja. E depois que a cabeça subiu completamente acima da superfície, saiu dela uma forte voz. E a voz disse:

— Está vendo esta minha grande cabeça?

— Estou vendo, sim, mas preciso costurar isto! — respondeu o esperto alfaiate, e voltou a atenção aos seus calções.

Então a cabeça e o pescoço subiram mais um pouco, até que os grandes ombros e o tórax ficaram à vista acima do chão. E novamente a voz vigorosa rugiu:

— Está vendo este meu grande tórax?

E novamente o esperto alfaiate respondeu:

— Estou vendo, sim, mas preciso costurar isto! — e voltou-se para seus calções.

E a coisa enorme continuou subindo pelo piso, até sacudir um grande par de braços na cara do alfaiate e dizer:

— Está vendo estes meus enormes braços?

— Estou vendo, sim, mas preciso costurar isto! — respondeu o alfaiate, e costurou com vigor os seus calções, pois sabia que não podia perder tempo.

O esperto alfaiate continuou dando seus pontos, quando viu a coisa subindo e subindo gradualmente através do solo, até erguer uma enorme perna, colocando-a sobre o piso e dizendo, com uma voz cavernosa:

— Está vendo esta minha grande perna?

— Sim, sim, eu a vejo, mas preciso costurar isto! — gritou o alfaiate, e seus dedos voavam ágeis com a agulha, fez pontos tão extensos que estava quase chegando ao final da costura dos calções.

Então a coisa começou a erguer sua outra perna, mas antes que conseguisse puxá-la para fora do piso, o alfaiate terminou sua tarefa, apagou a vela e pulou de cima da pedra tumular em que estivera sentado. Aprumou-se e correu para fora da igreja com os calções sob o braço. Então a coisa assustadora deu um rugido alto, pisou com seus dois pés no chão e saiu da igreja atrás do esperto alfaiate. Correram ravina abaixo, mais rápido do que a correnteza na enchente que invade tudo, mas o alfaiate acelerou o seu ágil par de pernas, pois não havia escolhido perder a recompensa do latifundiário. E apesar de a coisa rugir, gritando que parasse, o alfaiate esperto não era homem a ser dominado por um monstro. Então ele segurou firme seus calções e não deixou a escuridão crescer sob seus pés, até alcançar o Castelo Sadeell. Mal entrara portão adentro, fechando-o atrás de si, a aparição surgiu ao seu lado, e, furiosa por perder sua presa, bateu na parede sobre o portão, deixando ali a marca de seus cinco grandes dedos. Até hoje podemos vê-la claramente, se olharmos bem de perto.

Mas o esperto alfaiate ganhou sua recompensa: Macdonald pagou-lhe regiamente pelos calções e nunca descobriu que alguns dos pontos da costura eram um tanto extensos demais.

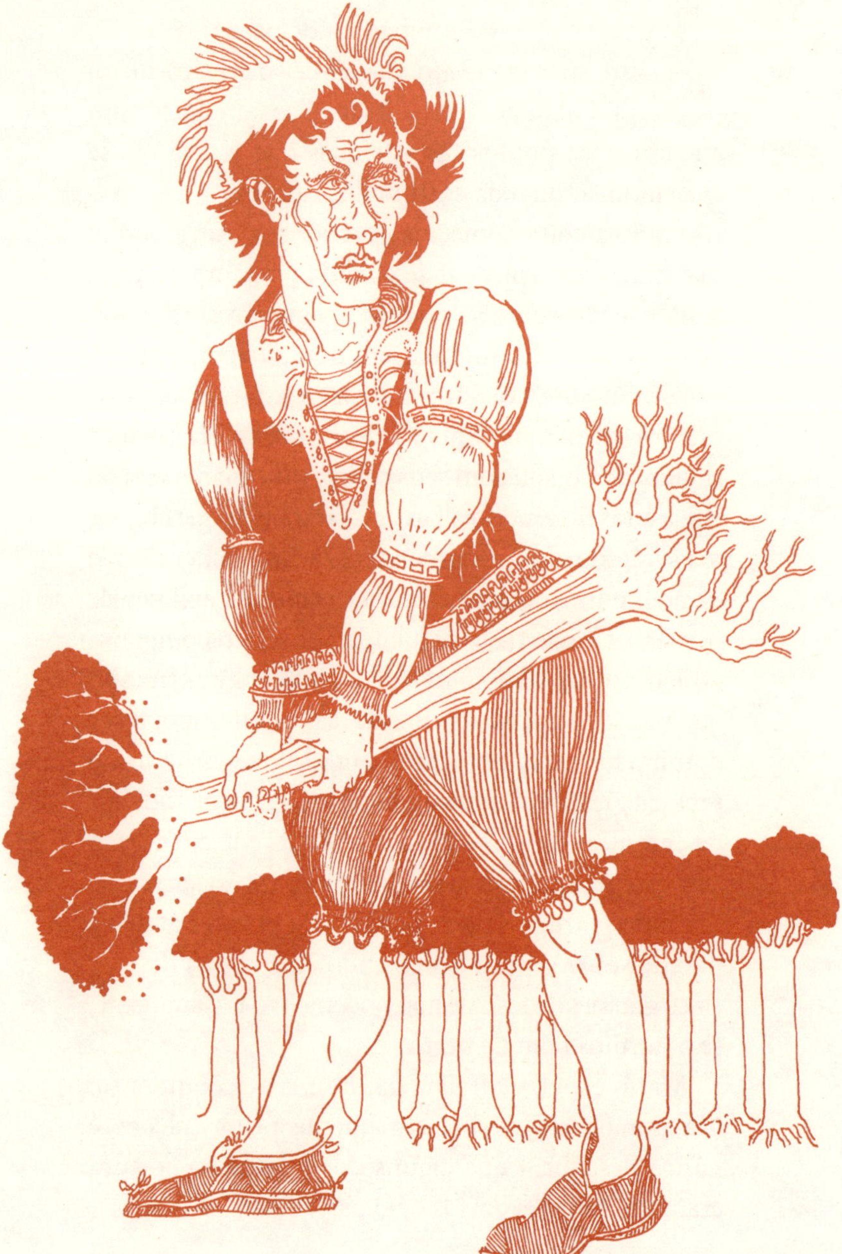

UMA LENDA DE KNOCKMANY

Qual irlandês, homem, mulher ou criança, nunca ouviu falar de nosso famoso Hércules Hiberniano, o grande e glorioso Fin M'Coul? Nenhum, do Cabo Clear ao Dique do Gigante, nem de volta ao Cabo Clear. Aliás, falar no Dique do Gigante me traz imediatamente ao início da minha história. Bem, aconteceu que Fin e seus parentes gigantes trabalhavam todos no Dique, para construir uma ponte até a Escócia, quando Fin, que tinha muito orgulho de sua esposa Oonagh, colocou na cabeça que deveria voltar para casa e ver como a pobre mulher passara em sua ausência. Assim, ele arrancou um abeto e, depois de tirar as raízes e os ramos, fez uma bengala e partiu ao encontro de Oonagh.

Naquela época, Oonagh e Fin moravam no topo da Colina de Knockmany, de frente para uma outra colina aparentada, chamada Cullamore, que se erguia, meio colina, meio montanha, do lado oposto.

Naquela época vivia outro gigante, chamado Cucullin — alguns dizem que era irlandês, outros que era escocês, mas, escocês ou irlandês, ele era mesmo uma fortaleza. Nenhum outro gigante da época podia se comparar a ele, sua força era tal que, quando se aborrecia, podia dar uma pisada que sacudia a região toda ao seu redor. Seu nome e sua fama chegaram longe e perto, e nada que tivesse a forma de um homem, dizia-se, tinha alguma chance com ele numa luta. Com um golpe de seus punhos ele achatava um raio e o guardava em seu bolso, sob a forma de uma panqueca, para mostrar a todos seus inimigos quando esses resolviam lutar com ele. Indubitavelmente ele já dera surras consideráveis em todos os gigantes da Irlanda, com exceção do próprio Fin M'Coul, e jurara que nunca descansaria, noite e dia, inverno ou verão, até fazer o mesmo com Fin, se conseguisse pegá-lo. Mas podemos realmente afirmar que ele ouvira dizer que Cucullin estaria vindo ao Dique para medir forças com ele, e, naturalmente, Fin se sentiu tomado de um acesso muito forte e súbito de afeição por sua mulher, que levava uma vida muito solitária e desconfortável em sua ausência. Então, como eu já disse antes, ele arrancou um abeto e, depois de cortá-lo numa bengala, partiu em sua viagem de amor, para ver sua querida Oonagh no topo do Knockmany.

Em verdade, as pessoas ficavam imaginando por que Fin escolhera um local tão inóspito para morar e chegaram ao ponto de dizer-lhe o quanto se espantavam com isso, "Sr. M'Coul, o que o senhor pretende", disseram eles, "ao montar sua cabana no topo do Knockmany, onde nunca deixa de ventar, dia ou noite, inverno ou verão, e onde muitas vezes o senhor é forçado a vestir sua touca mesmo sem ir para a cama, ou erguer seu dedo mínimo, e onde, além disso, há uma grande escassez de água?".

"Porque", disse Fin, "desde que cheguei a ter a altura de uma torre, sou conhecido pelo orgulho de ter uma boa vista daqui de cima, e onde diabos, ó meus vizinhos, poderia eu encontrar um melhor local para uma boa vista do que o topo do Knockmany? Quanto à água, estou escavando um poço e, graças a Deus, tão logo o trabalho do Dique esteja terminado, pretendo concluí-lo".

Mas isso era pura filosofia de Fin, pois, de fato, a verdade era que ele se instalara no topo do Knockmany para poder ver Cucullin chegando. Tudo o que temos a dizer é que, se ele quisesse um local de onde pudesse ter uma boa visão — e, cá entre nós, ele queria isso aflitivamente —, com exceção dos montes Croob ou Donard, ou de sua própria aparentada, a colina Cullamore, não podia encontrar um lugar mais simpático ou conveniente em toda doce e esperta província de Ulster.

— Deus guarde todos aqui! — disse Fin, bem-humorado, colocando sua honesta face na porta de casa.

— Olá, Fin, seja bem-vindo ao lar, à sua Oonagh, meu querido!

Seguiu-se um beijo, que, dizem, agitou as águas do lago no fundo da colina, de tanta afeição e simpatia.

Fin passou dois ou três dias felizes com Oonagh e até se sentiu muito à vontade, considerando o pavor que tinha de Cucullin. Mas o medo cresceu tanto nele, que sua esposa não pôde deixar de perceber que havia algo em sua mente que ele mantinha só para si mesmo. Nada como uma mulher para conseguir expor às claras ou extrair um segredo de seu homem quando ela quer. Fin era uma prova disso.

— É o tal de Cucullin — disse ele — que está me perturbando. Quando o sujeito fica zangado e começa a pisar forte, sacode todo um vilarejo, e é bem sabido que ele consegue achatar um raio, pois sempre carrega um consigo na forma de uma panqueca, para mostrar a qualquer um que duvide.

Enquanto falava, colocou o polegar na boca, o que sempre fazia quando queria prever algo ou saber algo que acontecera em sua ausência, e a esposa perguntou-lhe por que o fazia:

— Ele está chegando — disse Fin. — Eu o vejo perto de Dungannon.

— Por Deus, meu querido! E quem é? Que Deus seja louvado!

— É aquela besta, Cucullin — respondeu Fin. — Eu não sei o que fazer. Se fujo, caio em desgraça, mas sei que mais cedo ou mais tarde terei de enfrentá-lo, pois meu polegar está me dizendo isso.

— Quando ele estará aqui? — disse ela.

— Amanhã, mais ou menos às duas horas — respondeu Fin, com um gemido.

— Bem, meu amorzinho, não fique deprimido — disse Oonagh. — Confie em mim, e talvez eu consiga tirá-lo dessa enrascada melhor do que você mesmo com a orientação desse seu polegar.

Então ela fez uma grande fumaça no topo da colina, depois colocou o dedo na boca e deu três assobios, para que Cucullin soubesse que estava convidado a vir até Cullamore — este era o modo como os irlandeses há muito tempo faziam um sinal a todos os estrangeiros e viajantes que eram bem-vindos que poderiam vir e partilhar do que tivessem em casa no momento.

Nesse meio tempo, Fin se deixara abater muito pela melancolia e não sabia o que fazer ou como agir. Sem dúvida, Cucullin era um sujeito mau demais para se encontrar e, além disso a ideia da "panqueca" mencionada acima lhe apertava o coração. Que chance ele poderia ter com um homem forte e bravo como ele e que, quando irado, atravessava a região provocando terremotos e transformando raios em panquecas? Fin não sabia qual das duas mãos usar contra ele. Direita ou esquerda — para trás ou para frente, nem conseguia saber para onde ir.

— Oonagh — disse ele —, você não pode fazer nada por mim? Onde está toda a sua criatividade? Será que terei de ser esfolado como um coelho diante de seus olhos, e ter meu nome desgraçado para sempre diante da minha tribo, e justo eu, o melhor homem entre eles? Como vou lutar contra esse homem-montanha, esse enorme cruzamento entre um terremoto e um trovão? Com uma panqueca em seu bolso, que já foi um...

— Vá devagar, Fin — respondeu Oonagh. — Juro, tenho vergonha de você. Fique quieto no seu canto. Falando em panquecas, talvez nós possamos dar-lhe umas melhores do que aquelas que ele leva no bolso — raios, e outras coisas. Se eu não conseguir oferecer-lhe uma comida melhor do que a que ele está acostumado, nunca confie em Oonagh novamente. Deixe-o comigo e faça exatamente o que eu lhe pedir.

Isso aliviou muito a aflição de Fin, pois, afinal, ele tinha uma grande confiança na mulher, sabendo que ela já o havia tirado de muitas enrascadas antes. Mas a atual era a maior de todas; mesmo assim, ele conseguiu se alimentar como sempre. Então Oonagh pegou nove fios de lã de cores diferentes, o que ela sempre fazia para descobrir a melhor forma de ser bem-sucedida em qualquer coisa importante que tivesse de enfrentar. Então ela os trançou em três meadas com três cores em cada uma, colocando uma em seu braço direito, uma em volta do coração e a terceira ao redor do tornozelo direito, e, assim, teve certeza de que nada que fizesse poderia falhar.

Com tudo preparado, foi às casas dos vizinhos pedir emprestado vinte e uma chapinhas de ferro, que usou para misturar à massa de vinte e um bolinhos de pão que assou no fogo, como de costume, colocando-os no guarda-louças quando ficaram prontos. Então ela pegou uma panela com leite fresco, que usou para fazer coalhadas e soro. Depois de fazer tudo isso, ela se sentou, satisfeita, esperando a chegada do gigante no dia seguinte, mais ou menos às duas horas, pois esse era o horário em que ele era esperado — o que Fin soube chupando seu polegar. Essa era mais uma curiosa propriedade do polegar de Fin. Além disso, nesse aspecto ele se parecia muito com seu grande inimigo Cucullin, pois todo mundo sabia que a enorme força que possuía concentrava-se toda no dedo médio de sua mão direita, e, se por alguma infelicidade, ele o perdesse, nada mais seria além de um homem comum, apesar de seu tamanho.

No dia seguinte, ele foi visto chegando através do vale, e Oonagh soube que era o momento de iniciar as operações. Imediatamente ela arrumou um berço, pediu a Fin que se deitasse nele, e cobriu-o com alguns panos.

— Você deverá se passar pelo seu próprio filho — disse ela —, portanto fique aí deitado bem aconchegado, sem dizer nada, apenas siga minha orientação.

Mais ou menos às duas horas, como esperado, Cucullin entrou.

— Deus salve todos aqui! — disse ele. — É aqui que mora o grande Fin M'Coul?

— É, sim, homem honesto! — respondeu Oonagh.

— Deus o salve gentilmente. Não quer se sentar?

— Obrigado, madame — disse ele, sentando-se.

— A senhora é a senhora M'Coul, suponho?

— Sou — disse ela —, e espero não ter razões para sentir vergonha do meu marido.

— Não — disse o outro —, ele tem fama de ser o homem mais forte e bravo da Irlanda, mas por isso tudo é que há um homem, não muito longe de você, querendo enfrentá-lo. Ele está em casa?

— Não — respondeu ela —, e se um homem jamais saiu de sua casa furioso, foi ele o primeiro. Parece-me que alguém lá embaixo, no Dique, lhe falou de um enorme gigante chamado Cucullin, que estaria atrás dele, então ele foi até lá para tentar pegá-lo. Pela segurança desse pobre gigante, espero que ele não o encontre, pois se o encontrar, Fin fará uma pasta dele imediatamente.

— Bem — disse o outro —, eu sou Cucullin, e estive à procura dele nos últimos doze meses, mas ele sempre me evitou. Não vou descansar nunca, noite e dia, até colocar minhas mãos nele.

Ao ouvir isso, Oonagh deu uma grande risada de satisfação, distraidamente, e encarou-o como se ele fosse só um mero punhado de homem.

— Você já viu Fin? — disse ela, mudando de tom de repente.

— Como poderia? — disse ele. — Seu marido sempre teve cuidado em manter distância.

— Foi o que pensei — respondeu ela. — Achei que era isso mesmo, e se você quiser aceitar meu conselho, sua criatura lastimável, reze noite e dia para não encontrá-lo nunca, pois lhe digo que será um dia negro quando isso ocorrer. Por falar nisso, percebeu como está ventando pela porta? Como o próprio Fin não está em casa, talvez você possa ser gentil o bastante e virar a casa para o outro lado, pois é isso que ele sempre faz quando está aqui.

Era uma façanha espantosa, mesmo para Cucullin. Mas ele se levantou, e, depois de puxar o dedo médio de sua mão direita até esse estalar três vezes, ele saiu e, abraçando a casa, virou-a completamente, como Oonagh queria. Quando Fin viu isso, sentiu o suor verter por cada poro de sua pele, mas Oonagh, que confiava na sua astúcia de mulher, não se sentiu nem um pouco amedrontada.

— Aha! Então — disse ela —, como você é tão gentil, talvez possa fazer outro favor para nós, pois Fin não está aqui para fazê-lo. Veja, depois desse longo período de seca, passamos muito mal com a falta de água. Agora, Fin diz que há uma bela nascente em algum lugar sob as rochas atrás da colina aqui embaixo, e ele tinha a intenção de puxar essas pedras para baixo, mas, ao ouvir que você estava a caminho, deixou o lugar com tanta pressa que não se lembrou disso. Agora, se você conseguisse encontrá-la, eu lhe agradeceria muito a gentileza.

Então ela levou Cucullin para ver o local, que era uma única rocha sólida, e, depois de olhar para ela por algum tempo, estalou seu dedo médio da mão direita nove vezes e, inclinando-se, abriu uma fenda de cerca de quatrocentos pés de profundidade e um quarto de milha de comprimento, e que desde então foi batizada de Ravina de Lumford.

— Agora entre — disse ela — e coma um pedaço dessa humilde merenda, que é o que podemos dar a você. Embora Fin e você sejam inimigos, ele não deixaria de tratá-lo gentilmente em sua própria casa, e, de fato, se eu não o fizesse, mesmo em sua ausência, ele não ficaria contente comigo.

Ela o levou para dentro e colocou diante dele meia dúzia daqueles bolinhos que citamos anteriormente, com uma porção ou duas de manteiga, uma fatia de presunto cozido e um maço de repolho, e disse-lhe que se servisse à vontade — pois tudo isso, é bom saber, aconteceu bem antes da invenção das batatas. Cucullin colocou um dos bolinhos na boca para dar uma grande mordida, fez um barulho enorme, que parecia algo entre um urro e um berro.

— Sangue e fúria! — gritou ele. — O que é isto? Quebraram-se dois dos meus dentes! Que tipo de pão é este que você me deu?

— O que aconteceu? — disse Oonagh friamente.

— O que aconteceu?! — gritou o outro novamente.

— Eis aqui os dois melhores dentes que caíram da minha boca!

— Mas como? — disse ela. — Este é o bolinho de Fin. O único que ele sempre come quando está em casa. Mas, realmente, eu esqueci de lhe dizer que ninguém consegue comê-lo senão ele mesmo e essa criança que está ali no berço. Mas como me disseram que você era um sujeitinho vigoroso, desse tamanho, eu pensei que seria capaz de comê-lo, nunca desejei afrontar um homem que se achasse capaz de lutar contra Fin. Eis outro bolinho, talvez este não seja tão duro assim.

Naquele momento Cucullin não só estava faminto, mas também furioso, por isso fez uma nova tentativa com o segundo bolinho; imediatamente ouviu-se outro berro, duas vezes mais forte que o primeiro.

— Raios e trovões! — urrou ele. — Tire seus bolinhos daqui, ou então não sobrará um único dente em minha boca, outro par deles se quebrou!

— Bem, homem honesto — respondeu Oonagh —, se você não é capaz de comer o bolinho, fale baixo, e não acorde a criança ali no berço. Veja, ele já acordou.

Então Fin deu um guincho que espantou o gigante, pois era assustador, vindo de um bebê como se supunha que fosse aquela criatura no berço.

— Mãe — disse ele —, estou com fome. Dê-me algo para comer!

Oonagh foi até o berço e colocou na mão de Fin um bolinho que não tinha ferro em seu interior. Com o apetite estimulado pelo que viu ocorrendo à sua volta, Fin logo o engoliu. Cucullin ficou abismado e agradeceu secretamente aos astros a boa sorte de não ter encontrado Fin, pois, como disse a si mesmo, não teria tido chance com um homem que conseguia comer um bolinho como aquele, que até mesmo seu filho pequeno no berço conseguia mastigar, bem diante de seus olhos.

Eu gostaria de dar uma olhadinha nesse menino aí no berço — disse ele a Oonagh —, pois posso lhe dizer que não deve ser brincadeira cuidar de um bebê que consegue mastigar essa comida, ou alimentá-lo num verão com escassez de alimentos.

— Com todas as veias de meu coração — respondeu Oonagh —, levante, meu pequeno, e mostre a esse decente homenzinho algo que seja digno de seu pai Fin M'Coul.

Fin, vestido apropriadamente para a ocasião, com um traje de menino pequeno, levantou-se e, levando Cucullin para fora, perguntou-lhe:

— Você é forte?

— Parecem sons de trovões! — exclamou o outro. — Que voz, num sujeitinho tão pequeno!

— Você é forte? — disse Fin novamente. — Seria capaz de espremer essa pedra branca até tirar água dela? — perguntou ele, colocando a pedra nas mãos de Cucullin.

Esse último espremeu e espremeu a pedra, mas sem resultado.

— Oh, você é uma pobre criatura! — disse Fin. — Você, um gigante! Dê-me a pedra, e vou-lhe mostrar o que o pequeno filho de Fin consegue fazer. Depois você poderá avaliar o que o meu próprio pai é capaz de fazer.

Então Fin pegou a pedra e, trocando-a pela coalhada, espremeu-a até que o soro, claro como água, jorrou, espirrando de suas mãos.

— Agora vou entrar — disse ele — e voltar para o meu berço, pois eu não quero perder meu tempo com um qualquer, que não é capaz de comer o bolinho de meu pai, ou de espremer uma pedra até sair água. Sério, é melhor você ir embora antes que ele volte, pois se ele pegar você, em dois minutos vai transformá-lo em mingau.

Depois do que viu, Cucullin teve a mesma opinião; seus joelhos tremiam de medo com a ideia da volta de Fin, e correu para dentro a fim de se despedir de

Oonagh e assegurá-la de que, daquele dia em diante, nunca mais ia querer ouvir falar de seu marido, muito menos vê-lo.

— Admito honestamente que não sou páreo para ele — disse —, forte como sou, diga-lhe que vou fugir dele como de uma praga, e que não vou mais aparecer nessa parte do país enquanto eu viver.

Enquanto isso, Fin voltou ao berço onde se deitou em silêncio, com o coração na boca, de tanta satisfação, por Cucullin estar prestes a partir sem descobrir os truques de que fora vítima.

— É até bom para você que ele não esteja aqui — disse Oonagh —, pois ele o transformaria em carne de gavião.

— Eu sei disso — disse Cucullin —; se não fizer outra coisa pior comigo. Mas antes que eu parta, será que você me deixaria sentir que espécie de dentes tem seu bebê, que consegue mastigar bolinhos tão duros assim? — e apontou para o bolinho enquanto falava.

— Com todo prazer — disse ela. — Só que, como eles estão no fundo da boca, você terá de colocar seu dedo bem para dentro.

Cucullin ficou surpreso de encontrar um conjunto tão poderoso de dentes na boca de um menino tão novo, mas, ao tirar a mão da boca de Fin, surpreendeu-se mais ainda ao descobrir que deixara para trás aquele dedo médio, do qual dependia toda a sua força. Deu um forte berro e caiu imediatamente no chão, de tanto terror e fraqueza. Era tudo o que Fin queria, e agora ele sabia que seu mais poderoso e terrível inimigo estava completamente em suas mãos. Então ele saiu do berço, e em poucos minutos o grande Cucullin, que por tanto tempo fora o seu grande terror, e o de todos os seus seguidores, era só um cadáver diante dele. Assim, com a astúcia e a criatividade de sua esposa, Fin conseguiu derrotar seu inimigo por meio de um estratagema bem planejado, algo que ele nunca poderia ter conseguido pela força.

O PRETENDENTE DE OLWEN

Pouco tempo depois do nascimento de Kilhuch, o filho do rei Kilyth, sua mãe morreu. Antes de morrer, ela avisou o rei para que não tomasse outra esposa até ver uma urze branca com duas flores sobre seu túmulo; então o rei passou a mandar alguém até lá, todas as manhãs, para ver se algo crescera ali. Depois de muitos anos, a urze branca apareceu, e ele tomou como esposa a viúva do rei Doged. Essa disse a seu enteado, Kilhuch, que seu destino seria casar-se com uma donzela chamada Olwen, e nenhuma outra. Então, a pedido de seu pai, ele foi à corte de seu primo, o rei Arthur, para pedir-lhe como dádiva a mão da donzela. Foi montado em um corcel pardo com patas em forma de concha, rédeas de ouro trançado e uma sela, também de ouro. Em suas mãos, levava duas lanças de prata bem temperada, com as pontas de aço e arestas capazes de ferir o vento e fazer o sangue fluir, e mais leves do que a queda da gota de orvalho da folha do junco sobre a terra, quando o orvalho

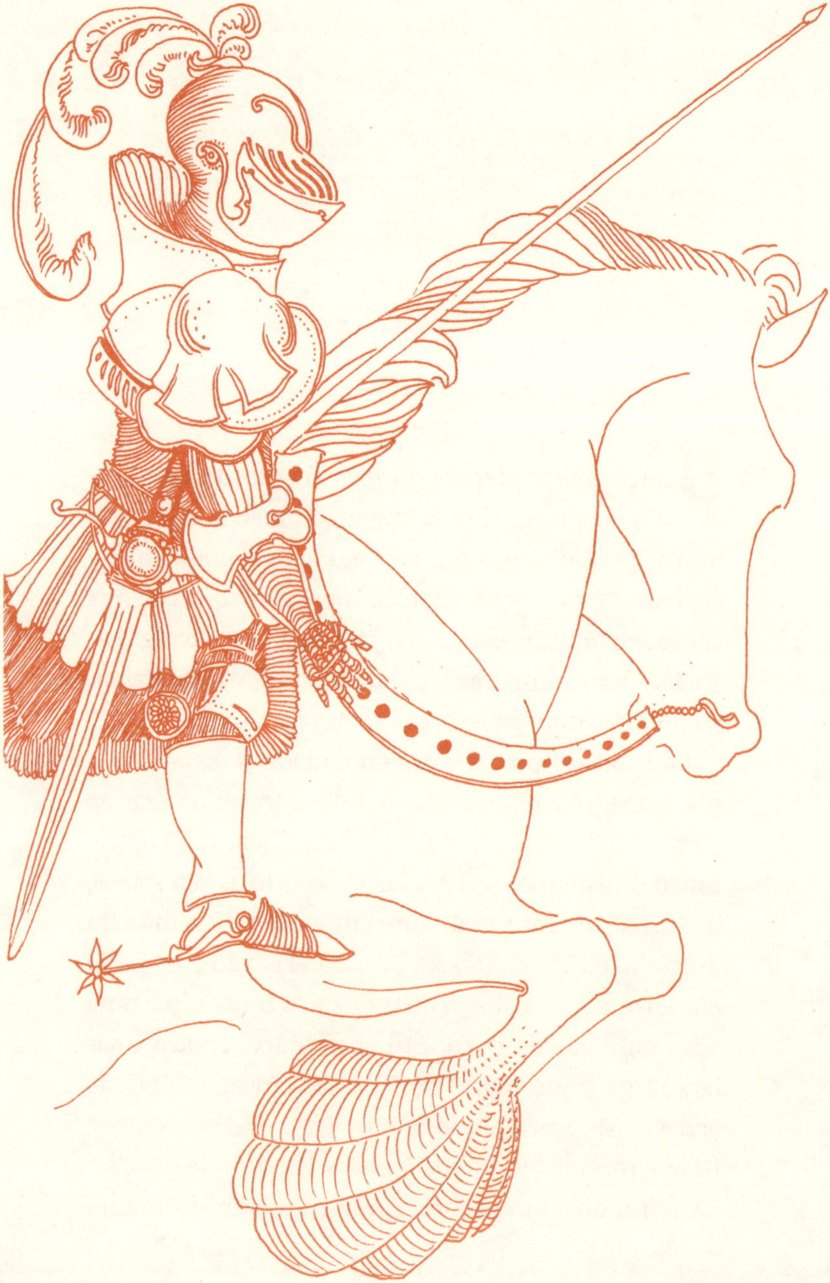

de junho está mais pesado. Uma espada com cabo de ouro ficava presa junto ao seu quadril, com uma lâmina também de ouro e com uma cruz incrustada, parecendo um raio do céu. Dois galgos malhados, de peito branco, com fortes coleiras de rubis, saltavam ao seu redor, e seu cão de caça pegava quatro pombas das rochas com suas quatro patas como se fossem quatro andorinhas voando ao redor de sua cabeça. Sobre o corcel havia um pano de quatro pontas, de púrpura, com uma maçã de ouro em cada canto. O ouro precioso também cobria os estribos e os sapatos, e a grama não se curvava por baixo deles, tão leve era a pisada do cavalo ao se dirigir ao portão do palácio do rei Arthur.

Arthur recebeu-o com muita cerimônia e pediu-lhe que permanecesse no palácio. Mas o jovem respondeu que não viera consumir carne e bebida, mas sim para pedir uma dádiva ao rei. Então disse Arthur:

— Como você não vai ficar aqui, deverá receber a dádiva, e o que mais sua língua puder nomear, tanto quanto o vento seca e a chuva molha, o sol dá voltas e o mar lambe a praia, e a terra se estende, com exceção só de meus navios e meu manto, minha espada, minha lança, meu escudo, minha adaga e Guinevere, minha esposa.

Assim Kilhuch pediu-lhe a mão de Olwen, a filha de Yspathaden Penkawr, e também solicitou os serviços e a ajuda de toda a corte de Arthur.

Então disse Arthur:

— Ó chefe do clã, nunca ouvi falar dessa donzela nem de seus parentes, mas enviarei com prazer meus mensageiros para a procurarem.

E o jovem disse:

— Vou dedicar-me a isso, desta noite em diante, até o fim do ano.

Então Arthur enviou mensageiros a todas as terras de seus domínios para que procurassem a donzela, e no fim do ano os mensageiros voltaram sem nenhuma informação referente à Olwen, além do que já sabiam no primeiro dia, quando partiram. Então Kilhuch disse:

— Cada um recebeu sua dádiva, mas falta a minha. Vou partir e levar sua honra comigo.

Então Kay, o cavalheiro, disse:

— Temerário chefe do clã! Você reprova Arthur? Vá conosco, e não nos separaremos até que você confesse que essa donzela não existe, ou até que a encontremos.

Então Kay se levantou. Kay tinha essa particularidade, de segurar a respiração nove noites e nove dias sob a água, e conseguir viver nove noites e nove dias sem dormir. Nenhum médico conseguia curar um ferimento da espada de Kay. Ele era muito sutil. Quando queria, podia se tornar tão alto quanto a mais alta árvore da floresta. E tinha outra particularidade: o calor de sua natureza era tão grande que, quando chovia forte, tudo o que ele carregava permanecia seco a um palmo acima e um palmo abaixo de sua mão, e quando seus companheiros sentiam frio, ele era para eles como um combustível com o qual acendiam seus fogos.

E Arthur chamou Bedwyr, que nunca se intimidara com nenhum empreendimento no qual Kay estivesse envolvido. Ninguém se igualava a ele em ligeireza em toda a ilha, com exceção de Arthur e Drych Ail Kibthar. E apesar de ter só uma mão, três guerreiros não conseguiam derramar sangue com mais rapidez do que ele no campo de batalha. E tinha outra característica: sua lança produzia um ferimento igual ao de nove lanças do inimigo.

E Arthur chamou Kynthelg, o guia.

— Vá junto com o chefe do clã nessa expedição — disse ele.

Pois num país estranho, que nunca tinha visto, ele era tão bom guia quanto em seu próprio país. Chamou Gwrhyr Gwalstawt Ieithoed, porque ele conhecia todas as línguas. Chamou Gwalchmai, o filho de Gwyar, porque nunca voltava para casa antes de concluir a aventura que fora buscar. Era o melhor dos andarilhos e o melhor dos cavaleiros. Era sobrinho de Arthur, filho de sua irmã e de seu primo. E Arthur chamou Menw, o filho de Teirg Walth, para que, caso fossem a um país selvagem, envolvesse todos num encantamento e numa ilusão de ótica que os tornaria invisíveis.

Viajaram até chegar a um vasto campo aberto, onde viram um grande castelo, o mais belo do mundo. Mas era muito distante e, à noite, parecia mais distante ainda; mal conseguiram alcançá-lo no terceiro dia. Quando chegaram diante do castelo, encontraram um grande rebanho de carneiros, vasto e infinito. Passaram a mensagem ao pastor, que tentou dissuadi-los, pois ninguém que viera ali voltara vivo daquela busca. Deram-lhe um anel de ouro, que ele deu à sua esposa, contando-lhe quem eram os visitantes.

Ao vê-los se aproximarem, ela correu alegre para saudá-los e pensou em atirar seus braços ao redor de seus pescoços. Mas Kay, pegando uma tora da pilha de lenha, colocou o cepo entre as duas mãos da mulher, e ela o apertou tanto que ele se tornou um rolo torcido.

— Ó mulher — disse Kay —, se você tivesse me apertado desse jeito, nunca mais alguém poderia demonstrar afeição por mim. Que amor malévolo é esse?

Entraram na casa, e, depois da refeição, ela lhes contou que a donzela Olwen vinha todos os sábados trazer a roupa para lavar. Eles juraram que não lhe fariam mal e enviaram uma mensagem a ela. Assim Olwen veio, vestindo uma roupa de seda cor de fogo e usando um colar de ouro avermelhado, com esmeraldas e rubis em volta do pescoço. Seu cabelo era mais dourado do que a flor da giesta, sua pele mais branca do que a espuma das ondas, suas mãos e dedos mais belos do que as flores da anêmona no meio dos respingos da fonte da campina. Seu olhar era mais brilhante do que o de um falcão, seu colo mais branco do que o peito do cisne branco, suas faces mais rubras do que as mais rubras rosas. Quem a visse ficava cheio de amor por ela. Quatro trevos brancos saltavam dos lugares onde pisava, e por isso ela era chamada de Olwen.

Então Kilhuch, sentado a seu lado num banco, declarou seu amor. Ela disse que ele a teria como noiva se fizesse o que seu pai lhe pedisse. Foram até o castelo e apresentaram o pedido a ele.

— Ergam com a forquilha minhas duas sobrancelhas que caíram sobre meus olhos — disse Yspathaden Penkawr —, para que eu veja como é meu genro.

Foi o que fizeram, e ele lhes prometeu dar uma resposta na manhã seguinte. Mas quando iam saindo, Yspathaden pegou um dos três dardos envenenados que estavam a seu lado e atirou-o contra eles.

Bedwyr pegou-o e atirou-o de volta, ferindo Yspathaden no joelho. Então ele disse:

— É na verdade um genro maldito e nada gentil. Sempre caminharei com dificuldade por causa de sua grosseria. Este ferro envenenado me dói como a picada de uma vespa. Maldito seja o ferreiro que o forjou e a bigorna na qual foi malhado.

Os cavaleiros descansaram na casa de Custennin, o pastor, mas no dia seguinte, ao alvorecer, voltaram ao castelo e renovaram o pedido.

Yspathaden disse que precisava consultar as quatro bisavós e bisavôs de Olwen. Novamente os cavaleiros saíram e, quando se encaminhavam para a porta, ele pegou o segundo dardo e o atirou neles.

Mas Menw pegou o dardo e o atirou de volta, espetando o peito de Yspathaden, atravessando-o até sair pelas costas.

— Na verdade, ele é um genro maldito e nada gentil — disse ele. — O ferro duro me dói como a mordida de uma enorme sanguessuga. Maldito seja o forno em que foi aquecido. De agora em diante, sempre que eu subir numa colina, sentirei falta de ar ao respirar e uma enorme dor no peito.

No terceiro, dia os cavaleiros voltaram mais uma vez ao palácio, e Yspathaden pegou o terceiro dardo e o atirou contra eles. Mas Kilhuch conseguiu pegá-lo e o atirou de volta vigorosamente. O dardo atravessou o globo ocular do velho, saindo pela parte de trás da cabeça.

Verdadeiramente um genro maldito e nada gentil! Enquanto eu estiver vivo, minha visão será a pior possível. Sempre que eu andar contra o vento, meus olhos vão verter água, minha cabeça vai queimar, e eu terei uma vertigem a cada lua nova. Maldito seja o fogo no qual esse ferro foi forjado. O choque desse ferro envenenado é como a mordida de um cão raivoso.

E foram comer. Yspathaden Penkawr disse:

— É você que está procurando minha filha?

— Sou eu, sim — respondeu Kilhuch.

— Preciso de seu juramento de que você não fará comigo o que não for justo, e quando eu obtiver o que quero, e que lhe direi o que é, minha filha será sua.

— Prometo-lhe isso com toda a minha honra — disse Kilhuch. — Diga-me o que você quer.

— É o que farei — disse ele. — Em todo o mundo não existe um pente ou um par de tesouras com os quais eu possa arrumar meu cabelo, por causa de seu forte emaranhado, com exceção do pente e da tesoura que estão entre as duas orelhas de Turch Truith, o filho do príncipe Tared. Ele não os dará voluntariamente, e você não conseguirá convencê-lo.

— Será fácil para mim conseguir isso, apesar de o senhor achar que não.

— Mesmo que o consiga, ainda haverá outra coisa que você não conseguirá. Não será possível pegar Turch Truith sem Drudwyn, a cria de Greid, o filho de Eri; saiba que em todo o mundo não há um caçador que consiga caçar com esse cão, exceto Mabon, o filho de Modron. Ele foi levado de sua mãe quando tinha três noites de idade, e não se sabe onde está agora, nem se está vivo ou morto.

— Será fácil para mim conseguir isso, apesar de o senhor achar que não.

— Mesmo que consiga isso, ainda haverá outra coisa que você não conseguirá. Não vai conseguir pegar Mabon, pois ninguém sabe onde ele está, a menos que você encontre Eidoel, seu parente de sangue, filho de Aer. Seria inútil procurá-lo. Ele é seu primo.

— Será fácil para mim conseguir isso, apesar de o senhor achar que não. Terei cavalos e cavaleiros, e meu senhor e parente Arthur vai conseguir todas essas coisas para mim. E eu obterei sua filha como esposa, e o senhor vai perder sua vida.

— Vá em frente. Você não será responsável pela comida e pela roupa de minha filha enquanto estiver procurando essas coisas, e quando tiver conseguido todas essas maravilhas, terá minha filha como esposa.

E quando contaram tudo a Arthur, ele disse:

— Quais dessas maravilhas devemos procurar primeiro?

— Será melhor — disseram eles — procurar Mabon, o filho de Modron; ele não será encontrado se não encontrarmos primeiro Eidoel, o filho de Aer, seu parente.

Então Arthur partiu com os guerreiros das Ilhas Britânicas para procurarem Eidoel, e viajaram até chegar diante do castelo de Glivi, onde Eidoel estava preso. Glivi estava de pé, no topo do castelo, e disse:

— Arthur, o que você quer de mim, se nada restou para mim nesta fortaleza, e eu não tenho mais alegria nem prazer nela, nem trigo e nem aveia?

Disse Arthur:

— Não vim até aqui para prejudicá-lo, mas para buscar o prisioneiro que está aí.

— Eu lhe darei meu prisioneiro, apesar de não ter pensado em dá-lo a ninguém, mas, além disso, você terá meu apoio e minha ajuda.

Os cavaleiros então disseram a Arthur:

— Senhor, vá para casa, o senhor não poderá prosseguir com suas hostes na busca de aventuras pequenas como estas.

Então Arthur disse:

— Será bom para você, Gwrhyr Gwalstawt Ieithoed, ir nessa busca, pois você conhece todas as linguagens e tem familiaridade até com as linguagens dos pássaros e dos animais. Vá, Eidoel, vá com meus homens à procura de seu primo. E quanto a vocês, Kay e Bedwyr, espero que, em qualquer aventura que lhes sobrevenha, consigam sair-se bem. Levem adiante essa aventura para mim.

Então eles prosseguiram até encontrar o Melro de Cilgwri, e Gwrhyr adjurou-o em nome dos Céus, dizendo:

— Diga-me se você conhece algo a respeito de Mabon, o filho de Modron, que foi levado de sua mãe com três noites de idade, para fora dos muros.

E o Melro respondeu:

— Quando cheguei aqui pela primeira vez, havia uma forja de ferreiro neste lugar; eu era uma ave jovenzinha, e desde então nenhum trabalho foi feito nela, exceto as minhas bicadas todas as manhãs. Agora o que resta dela não é mais do que o tamanho de uma noz. Que a vingança dos céus caia sobre mim, se durante esse tempo ouvi falar do homem que procuram. Entretanto, há uma raça de animais formados antes de mim, e eu os guiarei até eles.

Então eles prosseguiram até o lugar em que se encontrava o Veado de Redynvre.

— Veado de Redynvre, eis que viemos até aqui, numa embaixada de Arthur, pois não ouvimos falar de nenhum animal mais velho que você. Diga-nos: você conhece algo a respeito de Mabon?

O veado disse:

— Quando vim para cá pela primeira vez, havia uma planície à minha volta, sem árvores, exceto uma muda de carvalho, que cresceu até se tornar um enorme carvalho, com uma centena de galhos. E então esse carvalho morreu e agora nada resta dele, além de seu tronco seco. E daquele dia em diante eu sempre estive aqui, mas nunca ouvi falar do homem que procura.

Entretanto, serei seu guia ao local em que vive um animal formado antes de mim.

Então eles prosseguiram até o local em que morava a Coruja de Cwm Cawlwyd, para perguntar-lhe sobre Mabon. E a coruja disse:

— Se eu soubesse, eu lhes contaria. Quando vim para cá pela primeira vez, o extenso vale que você está vendo era uma ravina cheia de árvores. Veio uma raça de homens e derrubou todas as árvores. Um segundo bosque cresceu, e este que está aí já é o terceiro. Minhas asas, vejam, não são elas também dois cotos secos? No entanto, em todo esse tempo, até hoje, nunca ouvi falar do homem que vocês procuram. Mas serei o guia dos embaixadores de Arthur, até vocês chegarem ao local onde vive o animal mais velho deste mundo, e que viajou mais, a águia de Gwern Abwy.

Quando encontraram a águia, Gwrhyr lhe fez a mesma pergunta, mas ela respondeu:

— Vivi aqui por muito tempo. Quando vim pela primeira vez, havia aqui uma rocha, de cima dela eu apanhava as estrelas com meu bico todas as noites, e agora ela não tem mais de um palmo de altura. Daquele dia até hoje eu tenho vivido aqui, e nunca ouvi falar do homem que procuram, exceto uma vez, quando fui procurar comida em Llyn Llyw. E quando cheguei lá, pus minhas garras num salmão, achando que ele me serviria de comida por muito tempo. Mas ele me puxou para o fundo da água, e quase não consegui escapar. Depois disso, eu fui com todos os meus parentes até lá para tentar atacá-lo e destruí-lo, mas ele me enviou alguns mensageiros e fez as pazes comigo, pedindo-me que tirasse cinquenta arpões de suas costas. Se ele não souber algo sobre o homem que procuram, não sei quem mais poderia saber. Eu os guiarei até o local em que ele está.

Então eles foram até lá, e a águia disse:

— Salmão de Llyn Llyw, vim até aqui com os embaixadores de Arthur para lhe perguntar se você sabe algo sobre Mabon, o filho de Modron, que foi levado embora de sua mãe com a idade de três noites, para fora dos muros.

E o salmão respondeu:

— O que eu sei eu vou-lhes contar. A cada maré alta eu subo o rio, até chegar perto dos muros de Gloucester. Lá encontrei muita coisa errada, como nunca encontrei em outro lugar. E para que vocês acreditem em mim, escolham um de vocês para ir até lá, e que ele suba em meu dorso.

Assim Kay e Gwrhyr subiram em seu dorso e seguiram em frente, até chegarem aos muros de uma prisão, onde ouviram um forte lamento vindo do calabouço. Gwrhyr disse:

— Quem está se lamentando assim na casa de pedra?

E a voz respondeu:

— É Mabon, filho de Modron, que está preso aqui!

Então eles voltaram e contaram tudo a Arthur, que, reunindo seus guerreiros, atacou o castelo. E enquanto acontecia a luta, Kay e Bedwyr, montados no peixe, invadiram o calabouço e trouxeram consigo Mabon, o filho de Modron.

Arthur reuniu todos os guerreiros das três ilhas da Bretanha e das três ilhas adjacentes, foi até Esgeir Oervel, na Irlanda, onde vivia o porco selvagem Truith com seus sete porquinhos. Soltaram os cães, que os atacaram de todos os lados. Mas ele fugiu, devastando a quinta parte da Irlanda, e, depois, atravessou o mar até o País de Gales. Arthur e suas hostes, e seus cavalos, e seus cães, seguiram-nos incansavelmente. Mas, de vez em quando, o porco fazia uma parada, e chegou a matar muitos dos campeões de Arthur. Esse seguiu-o por todo o País de Gales e, um a um, os porquinhos foram sendo mortos. Por fim, quando ele já estava sossegado, cruzou o rio Severn e escapou para Cornwall. Mas Mabon, o filho de Modron, foi com Arthur e conseguiu atacá-lo, junto com os campeões da Bretanha. De um lado, Mabon, o filho de Modron, esporeou seu corcel e apanhou a navalha de barbear, enquanto Kay veio com ele pelo outro lado e tomou-lhe as tesouras. Mas, antes de conseguirem pegar o pente, ele ganhou distância e depois alcançou a praia. Nem cão, nem homem nem cavalo conseguiram pegá-lo, até que chegasse a Cornwall. Ali Arthur e suas hastes seguiram seu rastro até o pegarem.

As dificuldades por que passaram, embora grandes, foram brincadeira de criança diante do que tiveram de enfrentar para pegar o pente. Mas conseguiram. Caçaram o porco Truith até o fundo do mar, e nunca se soube até onde ele foi.

Então Kilhuch seguiu adiante e desejou toda a desgraça do mundo a Yspathaden Penkawr. Pegaram as maravilhas conquistadas e as levaram à sua corte. E Kaw da Bretanha do Norte veio e fez sua barba, deixando a pele e a carne limpas quase até os ossos, de orelha a orelha.

— Está bem barbeado, homem? — disse Kilhuch
— Estou barbeado — respondeu ele.
— Sua filha é minha agora?
— Ela é sua, porém não precisa me agradecer, mas sim a Arthur, que conseguiu tudo isso para você. Por minha vontade, você jamais a teria, pois sem ela eu perco minha vida.

Então Goreau, o filho de Custennin, pegou-o pelos cabelos e o arrastou atrás de si até o castelo, cortou sua cabeça e a colocou na ponta de um mastro na cidadela.

Então as hostes de Arthur se dispersaram, e cada homem voltou a seu próprio país. E assim Kilhuch, filho de Kelython, recebeu como esposa Olwen, a filha de Yspathaden Penkawr.

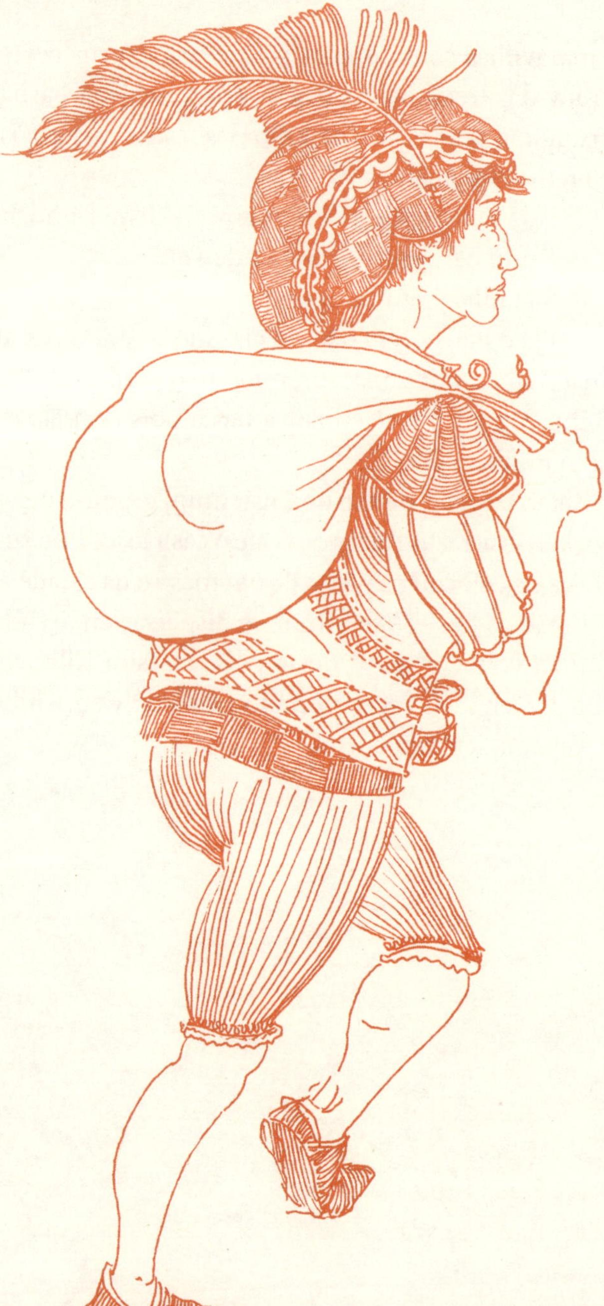

JACK E SEUS CAMARADAS

Era uma vez uma pobre viúva, como muitas outras, que tinha um filho. Veio um verão muito seco, e eles não sabiam como sobreviveriam até que as novas batatas ficassem maduras. Então, uma noite, Jack disse à sua mãe:

— Faça um bolo e mate uma galinha, pois eu vou atrás de minha fortuna, e se eu a encontrar, não tenha medo, pois logo estarei de volta para dividi-la com você.

Ela fez o que ele lhe pediu, e, ao nascer do dia, ele partiu em sua jornada. Sua mãe veio com ele até o portão e disse:

— Jack, o que você prefere, metade do bolo e metade da galinha com minha bênção, ou essas coisas inteiras com minha desgraça?

— Ora mãe — disse Jack —, por que me pergunta isso? Você bem sabe que não quero sua desgraça nem a da sua propriedade.

— Bem, então, Jack — disse ela —, eis todas as coisas inteiras com todas as minhas bênçãos com elas.

Assim, ela ficou ali de pé, junto à cerca do quintal, e abençoou o filho até onde seus olhos conseguiam vê-lo.

Bem, então ele andou e andou até ficar cansado, mas não encontrou nenhuma casa de fazendeiro onde necessitassem de um rapaz. Continuou andando, e seu caminho passou ao lado de um pântano, e lá havia um pobre asno afundado na lama até o dorso, perto de um pequeno tufo de capim que ele tentava abocanhar.

— Oh, Jack — disse ele —, ajude-me a sair daqui ou me afogarei.

— Não precisa dizer duas vezes — disse Jack, e colocou algumas pedras grandes e torrões de terra na lama até o asno conseguir sentir o chão firme debaixo dele.

— Obrigado, Jack — disse ele, quando saiu e pisou na estrada. — Farei o mesmo por você em outra ocasião. Para onde está indo?

— Bem, vou procurar minha fortuna até chegar a hora da colheita, que Deus o abençoe!

— Se você quiser — disse o asno —, irei com você, quem sabe qual poderá ser nossa sorte?

— Aceito de todo o coração, mas está ficando tarde. Vamos andando.

Então eles atravessavam um vilarejo e viram todo um exército de moleques caçando um pobre cão com uma corrente amarrada à sua cauda. O animal correu em direção a Jack buscando proteção, e o asno soltou um rugido tão forte que os pequenos ladrões rodaram nos calcanhares como se o velho demônio estivesse atrás deles.

— Mais poder para você, Jack — disse o cão. — Estou muito agradecido, mas para onde você e essa besta estão indo?

— Estamos à procura de nossa fortuna, enquanto não chega o tempo da colheita.

— Eu ficaria muito orgulhoso de ir com vocês! — disse o cão. — E de eliminar esses meninos mal-educados, acabar com eles!

— Bem, bem; jogue sua cauda sobre as pernas e venha conosco.

Saíram da cidade e sentaram-se sob um velho muro, e Jack pegou seu pão e sua carne e dividiu-os com o cão. O asno fez seu jantar num arbusto de cardos. Enquanto comiam e conversavam, aproximou-se deles um pobre gato, meio faminto, e o miado que ele soltou faria doer seu coração.

— Você tem a aparência de quem atravessou o topo de nove casas desde o café da manhã — disse Jack. — Eis um osso com um pouco de carne nele.

— Que você nunca conheça uma barriga faminta! — disse Tom. — Eu bem que preciso de sua gentileza. Posso me atrever a perguntar aonde vocês vão?

— Vamos à procura de nossa fortuna, enquanto não chega a hora da colheita, e você pode se juntar a nós, se quiser.

— E farei isso com um coração e meio — disse o gato. — Obrigado por me convidar!

E lá foram eles; e no momento em que as sombras das árvores estavam três vezes mais longas do que as próprias árvores, eles ouviram um forte cacarejo num campo perto da estrada, e eis que uma raposa saltou sobre o fosso, com um belo galo negro na boca.

— Oh, seu vilão maldito! — disse o asno, rugindo como um trovão.

— Pegue-a, meu bom cão! — disse Jack, e mal a palavra saíra de sua boca, Coley disparou atrás do Cão Vermelho. Reynard soltou sua presa como se fosse uma batata quente e fugiu num minuto, e o pobre galo voltou cambaleante e trêmulo em direção a Jack e seus camaradas.

— Olá, vizinhos! — disse ele. — Se é que não foi a sorte grande que colocou vocês em meu caminho! Não esquecerei sua gentileza se encontrá-los em dificuldades. E aonde afinal vocês todos estão indo?

— Vamos à procura de nossa fortuna, enquanto não chega a hora da colheita, você poderá se juntar a nós, se quiser, e sentar-se nas costas de Neddy quando seus pés e asas estiverem cansados.

A marcha recomeçou, e assim que o sol se pôs, eles olharam em volta e não havia choupana nem casa de fazenda à vista.

— Bem, bem — disse Jack —, quanto pior a sorte agora, tanto melhor ela será numa outra vez, e, afinal, é só uma noite de verão. Vamos até o bosque e arrumar nossa cama no capim alto.

Assim foi feito. Jack se esticou sobre um tufo de capim seco, o asno se deitou ao seu lado, o cão e o gato se deitaram na barriga quente do asno, e o galo se empoleirou sobre a árvore mais próxima.

O silêncio do sono profundo caíra sobre todos eles, quando, de repente, o galo começou a cantar.

— O que é isso, Galo Negro! — disse o asno. — Você perturbou o melhor sono sobre um tufo de feno que já provei. O que houve?

— O dia está nascendo, é isso que acontece. Não está vendo a luz logo ali surgindo?

— De fato, vejo uma luz — disse Jack —, mas é a luz de uma vela próxima daqui, não é do sol. Já que você nos acordou, é melhor irmos até lá e pedir hospedagem.

Assim, todos se sacudiram e se puseram a caminho, no meio do capim e das rochas e das urzes, até chegarem a uma baixada, e lá estava a luz, brilhando através das sombras, e junto com ela o som de cantigas e risadas e imprecações.

— Devagar, meninos! — disse Jack. — Andem na ponta dos pés até vermos que tipo de gente teremos de enfrentar.

E assim eles se esgueiraram até junto à janela e viram seis ladrões lá dentro, com pistolas e bacamartes e facões, sentados em volta de uma mesa, comendo rosbife e carne de porco, bebendo cerveja adoçada, vinho e ponche de uísque.

— Não foi um belo assalto que fizemos na casa do lorde de Dunlavin? — disse um ladrão de cara feia, com a boca cheia de comida. — E não foi pouco o que conseguimos, graças àquele porteiro nada honesto! À sua saúde!

— À saúde do porteiro! — gritou cada um deles.
Jack apontou o dedo a seus camaradas.

— Fechem as fileiras, meus homens — disse ele num sussurro —, e deixem cada um deles ouvir uma palavra de comando.

Assim, o asno colocou suas patas dianteiras no peitoril da janela, o cão subiu na cabeça do asno, o gato na cabeça do cão e o galo na cabeça do gato. Então Jack fez um sinal, e todos eles começaram a cantar feito doidos.

— Hei-hau, hei-hau! — relinchou o asno.
— Au-au! — latiu o cão.
— Miau-miau! — gritou o gato.
— Cocoricó! — cantou o galo.
— Ergam suas pistolas! — gritou Jack. — E façam picadinho deles! Não deixem um único filho da mãe vivo; apresentar armas, fogo!

Com isso eles soltaram muitos gritos, e esmigalharam todos os vidros das janelas. Os ladrões ficaram apavorados. Apagaram as velas, jogaram-se para baixo da mesa, e esgueiraram-se pela porta traseira como se estivessem no pior dos apuros, e nem olharam para trás até chegarem ao meio do bosque.

Jack e sua turma entraram na sala, fecharam as venezianas das janelas e acenderam as velas, comeram e beberam até saciarem a fome e a sede. Então deitaram-se para descansar: Jack na cama, o asno no estábulo, o cão no capacho, o gato junto ao fogo e o galo no poleiro.

Primeiro os ladrões ficaram muito contentes ao se verem a salvo no bosque fechado, mas logo começaram a reclamar.

— Este capim úmido é muito diferente de nossa sala aquecida — disse um deles.

— Fui obrigado a largar um belo pernil de porco! — disse outro.

— Não consegui beber um golezinho de meu último copo — disse outro, ainda.

— E todo aquele ouro e aquela prata do lorde Dunlavin que deixamos para trás! — disse o último.

— Acho que vou voltar — disse o capitão — e ver se conseguimos recuperar algo.

— Bom rapaz! — disseram todos, e lá foi ele.

As luzes estavam todas apagadas, e assim o capitão entrou e foi tropeçando até perto da lareira; o gato pulou em seu rosto e o mordeu e o arranhou inteiro. O ladrão soltou um rugido e foi até a porta para ver se encontrava uma vela. Pisou na cauda do cão e ficou com as marcas de seus dentes nos braços, pernas e coxas.

— Com mil trovões! — gritou ele. — Bem que eu gostaria de estar longe desta casa maldita!

Quando conseguiu chegar à porta da rua, o galo se jogou em cima dele com suas garras e seu bico, e o que o gato e o cão fizeram com ele foi só uma picada de mosca perto do que o galo fez.

— Oh, malditos todos vocês, seus vagabundos insensíveis! — disse ele, quando recuperou o fôlego, e foi cambaleando até entrar no estábulo, mas o asno o recebeu com um coice na parte mais ampla de seu traseiro, deixando-o deitado confortavelmente na esterqueira. Quando voltou a si, coçou a cabeça e começou a pensar no que lhe acontecera, e tão logo descobriu que suas pernas ainda eram capazes de carregá-lo, esgueirou-se para fora, arrastando um pé depois do outro até alcançar o bosque.

— Bem, bem — gritaram todos quando ele se aproximou —, alguma chance de conseguirmos recuperar as coisas?

— Você pode até pensar que havia uma chance — disse ele —, mas não houve nenhuma. Ah, será que algum de vocês poderia arrumar uma cama de capim seco para mim? Todas as ataduras de Enniscorthy serão insuficientes para os cortes e arranhões que tenho no corpo. Ah, se vocês soubessem o que passei por sua causa! Quando me aproximei do fogão da cozinha, procurando um carvão em brasa, encontrei ali nada mais que uma velha cardando lã, e você pode ver as marcas que ela deixou no meu rosto com os cardadores. Fui até a porta o mais rápido que pude, e em quem eu tropeço, vejam só, ninguém mais que um sapateiro em seu banquinho, e se ele não me atacou com suas sovelas e tenazes, vocês até poderão me chamar de trapaceiro. Bem, consegui fugir dele, mas quando passei pela porta, acho que foi o próprio demônio que me pegou com suas garras e suas asas, e seus dentes que pareciam pregos de seis tostões; foi muita falta de sorte a minha ter cruzado seu caminho! Bem, finalmente alcancei o estábulo, e ali, à guisa de saudação, recebi um golpe de malho que me jogou a meia milha de distância. Se vocês não acreditam em mim, dou-lhes permissão para irem até lá e julgarem por si mesmos.

— Oh, meu pobre capitão — disseram eles —, acreditamos em você. Foi realmente muita falta de sorte termos assaltado esse casebre!

Antes de o sol mostrar a sua cara na manhã seguinte, Jack e seus camaradas estavam de pé. Fizeram um café da manhã substancioso com o que restara da noite anterior, e então todos concordaram em ir até o castelo do lorde Dunlavin e devolver-lhe todo o seu ouro e sua prata. Jack colocou tudo nas duas extremidades de uma bolsa, pendurou-a sobre as costas de Neddy, e todos se puseram a caminho. E lá foram eles, atravessando pântanos, subindo colinas, descendo por vales, e, às vezes, ao longo da estrada de terra, até chegarem à porta principal do castelo do lorde Dunlavin, e quem estava lá, arejando sua cabeça empoada, suas meias brancas e seus culotes vermelhos? Ninguém menos do que o ladrãozinho do porteiro. Ele olhou enviesado para os visitantes e disse a Jack:

— O que você quer aqui, meu bom rapaz? Não há lugar para todos vocês.

— Nós queremos — disse Jack — o que com certeza você não tem para nos dar: civilidade.

— Ora, vão embora, seus andarilhos vagabundos! — disse ele. — Deixem o gato lamber suas orelhas, ou eu solto os cães em cima de vocês!

— Você contaria a alguém — disse o galo, empoleirado na cabeça do asno, — quem foi que abriu a porta para os ladrões na noite passada?

— Ah! A face rubra do porteiro ficou com a cor da crista do galo, e ele nem percebeu que o lorde de Dunlavin e sua bela filha, que estavam junto à janela, haviam colocado suas cabeças para fora.

— Eu ficaria feliz, Barney — disse o lorde — de ouvir você responder ao cavalheiro com a crista vermelha na cabeça.

— Ah, meu senhor, não acredite no malandro, é claro que eu não abri a porta para aqueles seis ladrões!

— E como você sabe que eram seis, seu pobre inocente? — disse o lorde.

— Não importa, senhor — disse Jack. — Todo o seu ouro e sua prata estão ali naquela bolsa, e não creio que o senhor nos recuse uma ceia e uma cama depois de nossa longa caminhada, desde o bosque de Athsalach.

— Recusar? Ora! Nunca mais nenhum de vocês terá um único dia de pobreza, se eu puder ajudar!

Assim todos foram bem-vindos, para a alegria dos seus corações, e o asno, o cão e o galo receberam os melhores lugares no quintal da fazenda, e o gato tomou posse da cozinha. O lorde encarregou-se de Jack, vestiu-o dos pés à cabeça com roupas de casimira, com babados brancos como neve e escarpins, e colocou um relógio em seu bolsinho. Quando se sentaram à mesa para jantar, a dona da casa disse que Jack tinha o ar de um cavalheiro nato, e o lorde disse que faria dele o seu camareiro. Jack trouxe sua mãe e a instalou confortavelmente perto do castelo, e todos foram muito felizes, do jeito que você queria.

A LENDA DE IVAN

Era uma vez um homem e uma mulher que viviam na paróquia de Llanlavan, em um lugar chamado Hwrdh. Como o trabalho se tornara escasso, o homem disse à sua esposa:

— Vou procurar trabalho, mas você ficará morando aqui.

Então ele foi embora e viajou para longe, em direção ao Leste, chegando finalmente na casa de um fazendeiro, onde se ofereceu para trabalhar.

— Que tipo de trabalho você sabe fazer? — perguntou o fazendeiro.

— Sei fazer todo tipo de trabalho — disse Ivan.

Então chegaram a um acordo, pelo qual o fazendeiro pagaria três libras de salário anual.

Quando chegou o final do ano, o patrão lhe mostrou as três libras.

— Veja, Ivan — disse ele —, eis o seu salário; mas se você devolvê-lo a mim, eu lhe darei um bom conselho no lugar dele.

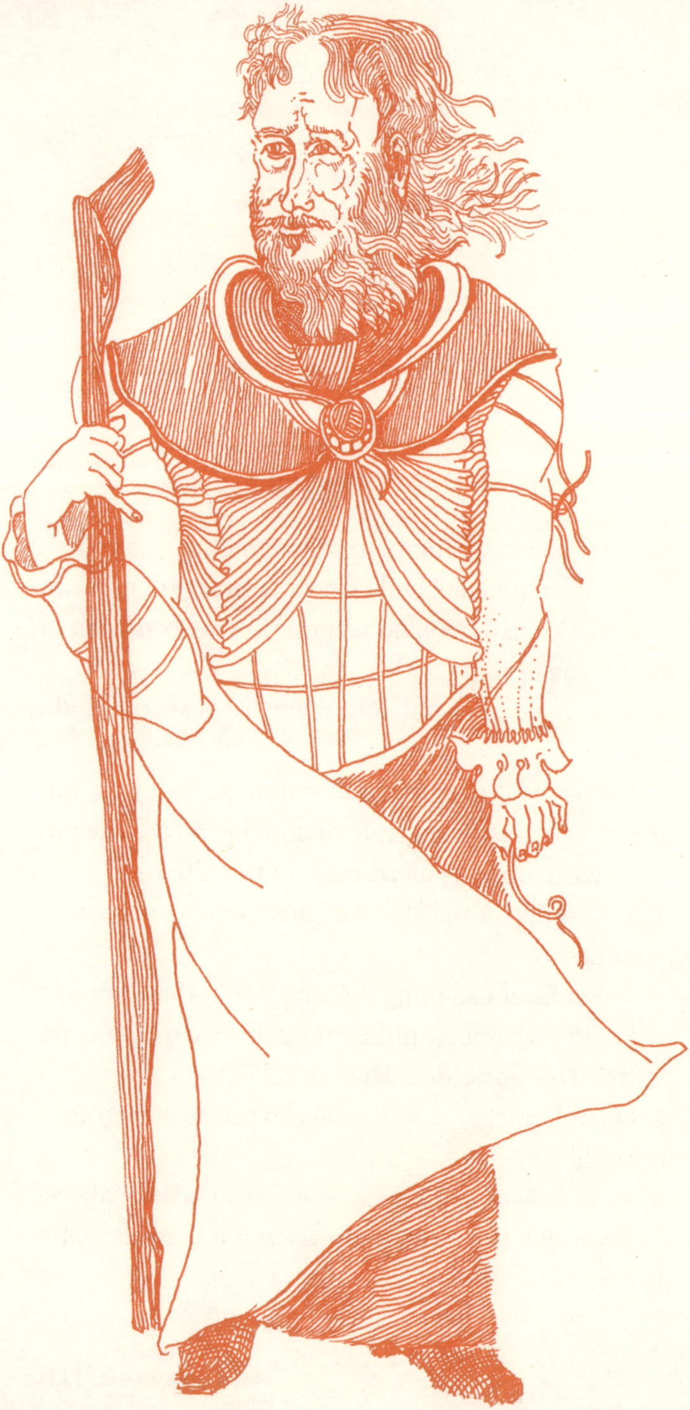

— Dê-me meu salário — disse Ivan.
— Não, não o darei — disse o patrão. — Eu lhe darei meu conselho.
— Então diga-me qual é — disse Ivan.
Então o patrão disse:
— Nunca deixe a estrada antiga para trilhar uma estrada nova.

Depois disso, eles fizeram outro acordo de mais um ano de trabalho com o antigo salário, e, no final desse ano, no lugar do salário, Ivan recebeu outro conselho:
— Nunca se aloje numa casa onde há um homem velho casado com uma mulher jovem.

A mesma coisa aconteceu no final do terceiro ano, e o conselho foi:
— A honestidade é a melhor política.

Mas Ivan não quis mais ficar, pois queria voltar para sua esposa.
— Não vá embora hoje — disse seu patrão —; minha mulher vai cozinhar amanhã e poderá fazer um bolo para você levar à sua boa esposa.

E quando Ivan se preparava para ir embora, o patrão disse:
— Eis aqui um bolo para você levar a sua esposa, e só o coma quando vocês dois estiverem bem alegres juntos, não antes.

Então Ivan os deixou e viajou para casa. No caminho, parou em Wayn Her, e ali encontrou três mercadores de Tre Rhyn, sua própria paróquia, voltando da feira de Exeter.

— Oh! Ivan! — disseram eles. — Venha conosco, estamos felizes em vê-lo. Onde esteve todo esse tempo?

— Estive fora, trabalhando — disse Ivan —, e agora estou voltando para casa, para minha esposa.

— Oh, venha conosco! Você é bem-vindo.

Enquanto eles pegavam a estrada nova, Ivan foi pela antiga. Mas ao se afastarem de Ivan e caminharem pelos campos das casas na planície, foram assaltados por ladrões. Começaram a gritar: "Ladrões!"; e Ivan também gritou: "Ladrões!". Quando os ladrões ouviram o grito de Ivan, fugiram, e os mercadores prosseguiram pela estrada nova e Ivan pela antiga, até se encontrarem novamente no mercado da cidade.

— Oh, Ivan — disseram os mercadores —, devemos agradecer-lhe, se não fosse você, estaríamos perdidos. Venha, aloje-se conosco, às nossas custas, e seja bem-vindo.

Quando chegaram ao local em que costumavam alojar-se, Ivan disse:

— Preciso ver o dono da estalagem.

— O dono da estalagem? — gritaram eles. — O que você quer com ele? Eis aqui a dona da estalagem; ela é jovem e bonita. Mas se quiser falar com o dono, você o encontrará na cozinha.

Então ele foi até a cozinha para ver o dono do lugar e encontrou um homem velho e fraco, virando o espeto no fogo.

— Oh! Oh! — disse Ivan. — Não me hospedarei aqui, irei à estalagem vizinha.

— Ainda não — disseram os mercadores —, jante conosco e seja bem-vindo!

Acontece que a dona da estalagem havia planejado, com um certo monge da cidade, assassinar o velho em sua cama naquela noite, enquanto o resto das pessoas estivessem dormindo, e combinaram deixá-lo deitado em um dos quartos dos hóspedes.

Assim, quando Ivan já estava na cama, na estalagem ao lado, viu um buraco na parede do final do corredor da casa e uma luz passando por ele, levantou-se e foi olhar pela abertura e ouviu o monge dizendo:

— É melhor cobrir esse buraco, ou as pessoas da casa vizinha poderão ver nossos atos — então ele apoiou as costas no buraco enquanto a dona da estalagem matava o velho.

Nesse meio-tempo, Ivan pegou sua faca e, enfiando-a através do buraco, cortou um pedaço da túnica do monge.

Na manhã seguinte, a dona da estalagem saiu gritando que seu marido fora assassinado, e, como não havia ninguém na casa além dos mercadores, ela declarou que eles teriam de ser enforcados pelo crime.

Então eles foram presos e levados à prisão, até que finalmente Ivan foi atrás deles.

— Ó Ivan! — gritaram eles. A má sorte nos pegou; o dono da estalagem foi assassinado ontem à noite, e seremos enforcados por isso.

— Ah, vamos dizer aos juízes — disse Ivan — que condenem os verdadeiros assassinos.

— Mas alguém sabe — responderam eles — quem cometeu o crime?

— Quem cometeu o crime? — disse Ivan. — Se eu não conseguir provar quem cometeu o crime, enforquem-me em seu lugar.

Então ele contou tudo que sabia, mostrou o pedaço da roupa do monge, e assim os mercadores foram libertados, e a dona da estalagem e o monge foram presos e enforcados.

Saíram todos juntos da cidade do Mercado, e os mercadores disseram a Ivan:

— Venha conosco até Coed Carrn y Wylfa, o Bosque da Pilha de Pedras do Observatório, na paróquia de Burman!

Mas seus caminhos se separaram, e, apesar dos mercadores desejarem que Ivan fosse com eles, ele seguiu direto para casa, ao encontro da esposa. Quando a esposa o viu, ela disse:

— Você chegou bem na hora! Eis uma bolsa cheia de ouro que encontrei; não há nenhum nome nela, mas certamente pertence ao grande lorde que mora lá em baixo. Eu estava justamente pensando sobre o que fazer quando você chegou.

Então Ivan lembrou-se do terceiro conselho e disse:

— Vamos devolvê-la ao grande lorde.

Foram até o castelo, mas o grande lorde não estava em casa, então deixaram a bolsa com o criado que tomava conta do portão, voltaram para casa e viveram calmamente por algum tempo.

Um dia, o grande lorde parou na casa deles para tomar um pouco de água, e a esposa de Ivan disse a ele:

— Espero que Vossa Excelência tenha encontrado a sua bolsa a salvo, com todo aquele dinheiro dentro dela.

— De que bolsa vocês estão falando? — disse o lorde.

— Estou falando da sua bolsa, que deixei no castelo — disse Ivan.

— Venham comigo, e vamos ver do que se trata — disse o lorde.

Então Ivan e a esposa foram até o castelo e ali apontaram para o homem a quem haviam entregado a bolsa; ele foi obrigado a devolvê-la e foi mandado embora do castelo. O lorde ficou tão agradecido a Ivan que o empregou como seu criado, no lugar do ladrão.

— A honestidade é a melhor política! — disse Ivan, ao caminhar pelos seus novos territórios. — Como estou feliz!

Lembrou-se do bolo de seu antigo patrão, e da recomendação de comê-lo somente quando estivesse muito feliz; e quando o partiu, vejam só!, lá dentro estavam os salários dos três anos em que trabalhara para ele.

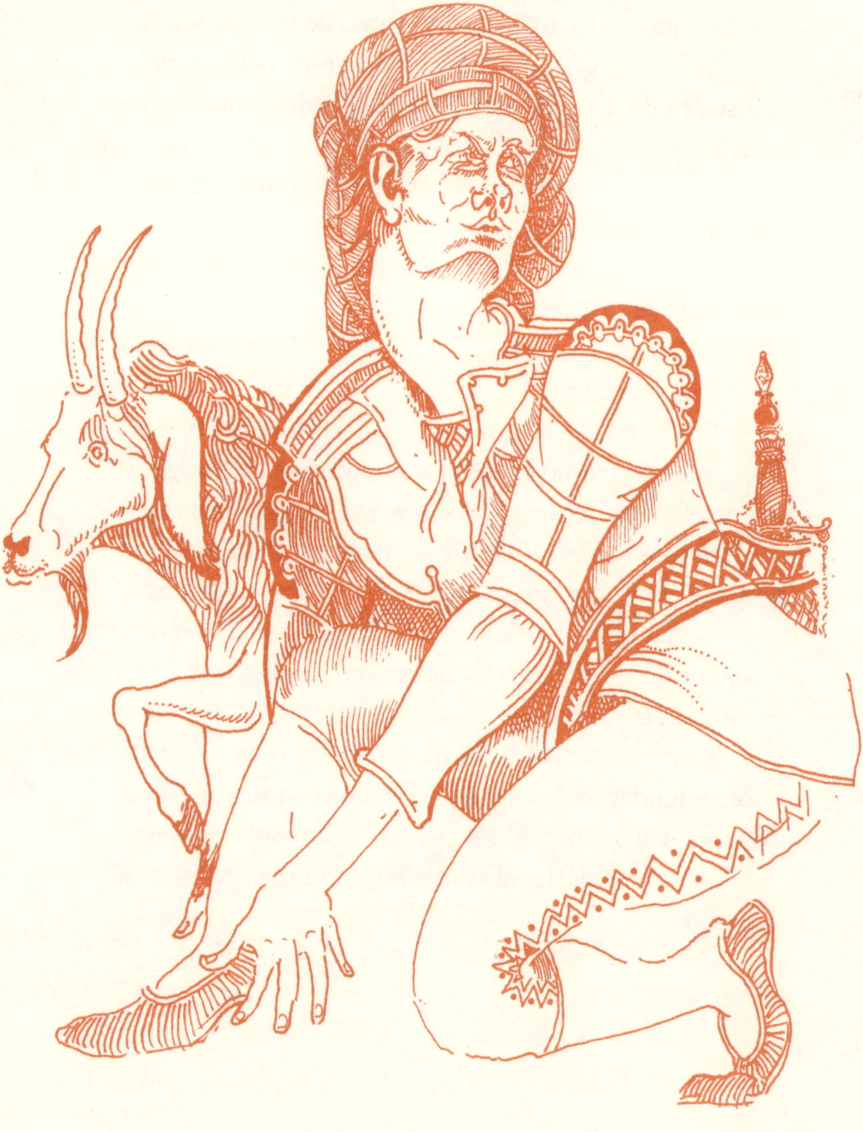

JACK, O LADRÃO ESPERTO

Havia um agricultor pobre, que tinha três filhos. Os três jovens partiram no mesmo dia, em busca da sorte. Os dois mais velhos eram rapazes ajuizados e trabalhadores; o mais jovem, este nunca tinha realizado algo em sua casa que fosse de alguma serventia. Adorava fazer armadilhas para coelhos e seguir pegadas de lebres na neve. Inventava todo tipo de trapaças jocosas, primeiro para molestar as pessoas, depois para fazê-las rir.

Os três separaram-se em uma encruzilhada, e Jack tomou o caminho mais deserto. O tempo mudou, começou a chover, o rapaz ficou molhado e fatigado e, pode acreditar, ao anoitecer ele chegou a uma casa solitária, não muito distante da estrada.

— O que deseja? — perguntou uma velha mulher de olhos pasmados, sentada ao lume.

— Meu jantar e uma cama, naturalmente — respondeu o jovem.

— Não poderá tê-los, retrucou a mulher.

— O que pode impedir-me? — disse o jovem.

— Os donos da casa são seis homens honrados — respondeu. — Ficam fora a maior parte do tempo, até as três ou quatro horas da manhã, se te encontram aqui, o mínimo que farão é te esfolar vivo.

— Compreendo — disse Jack — que os dotes deles não podem ser piores. Vamos, dê-me algo de seu armário, pois aqui permanecerei. Ser esfolado não é pior que morrer de frio em uma vala, ou sob uma árvore, em uma noite como esta.

A mulher ficou receosa e lhe ofereceu um bom jantar. Antes de ir para a cama, o jovem disse-lhe que, se ela deixasse um dos seis honrados homens perturbá-lo, pagaria por isso. De manhã, quando acordou, estavam em volta de sua cama seis canalhas mal-encarados. Jack apoiou-se sobre o cotovelo e os encarou com grande desdém.

— Quem é você, e qual sua ocupação? — perguntou o chefe.

— Meu nome é Mestre Ladrão, e minha ocupação neste momento é encontrar aprendizes e trabalhadores — respondeu. — Se achar um bom entre vocês, talvez dê-lhe algumas lições.

Coitados, ficaram um pouco amedrontados, e o chefe disse:

— Bem, levante-se e, depois do café, veremos quem está para chefe e quem está para aprendiz.

Acabaram de tomar o café e viram nada menos que um agricultor levando uma bela cabra ao mercado.

— Qual de vocês se encarregará de roubar a cabra antes que o dono dela alcance a saída da floresta, e sem empregar a menor violência? — perguntou Jack.

— Não sou capaz de fazê-lo — respondeu um deles.

— Não sou capaz de fazê-lo — disse um outro.

— Sou o mestre de vocês — disse Jack —, e vou fazê-lo.

Saiu rapidamente, seguiu entre as árvores e alcançou o ponto da estrada onde havia uma curva. Bem no meio do caminho deixou seu sapato direito. Em seguida, correu até a próxima curva e ali deixou o esquerdo. Depois se escondeu.

O agricultor, deparando-se com o primeiro sapato, disse para si mesmo:

— Teria algum valor se tivesse o outro par, mas um pé só não tem valor algum. Seguiu seu caminho e alcançou o segundo sapato.

— Que tolo fui em não pegar o outro! Voltarei para apanhá-lo.

Prendeu a cabra em uma pequena árvore e retornou. Jack, que estava atrás de uma árvore e já trazia o primeiro sapato no pé, mal viu o homem sumir na curva, pegou o segundo pé, libertou a cabra e a levou dali pela floresta.

Oh! O pobre homem não pôde encontrar o primeiro sapato, também não encontrou o segundo quando voltou, nem a cabra.

— *Mile mollacht!* — exclamou. — O que farei agora, se prometi a Johanna comprar-lhe um xale? Devo voltar sem que ela me veja e levar outro animal para o mercado. Não quero nem pensar em Joan descobrindo a tolice que fiz.

Os ladrões ficaram admirados com Jack e desejaram saber como ele tinha agido com o agricultor, mas ele nada contou. Viram logo depois o pobre homem conduzindo da mesma forma um belo carneiro gordo.

— Quem vai roubar o carneiro antes que o homem saia da floresta, e sem usar de nenhuma violência? — perguntou Jack.

— Não posso — disse um.

— Não posso — disse outro.

— Eu vou tentar — disse Jack. — Deem-me uma boa corda.

O pobre agricultor seguia vagarosamente, pensando em sua desdita, quando viu um homem suspenso no galho de uma árvore.

— Deus nos proteja! — exclamou. — Não havia nenhum morto aqui há uma hora atrás.

Seguiu adiante, algo em torno de um quarto de milha, e deu com outro corpo suspenso acima do caminho.

— Deus nos proteja do mal! — exclamou. — Estarei em meu juízo perfeito?

Andou a mesma distância e, logo adiante, o terceiro corpo estava suspenso.

— Oh, assassino! — exclamou. — Estou fora de mim. Como pode haver três homens enforcados tão próximos um do outro? Devo estar louco. Vou voltar e verificar se os outros ainda estão no mesmo lugar.

Amarrou o carneiro em uma pequena árvore e tomou o caminho de volta. Quando virou a curva, o corpo desceu, libertou o carneiro e o levou pela floresta, rumo à casa dos ladrões. Todos vocês podem fazer uma ideia do que sentiu o pobre homem ao não encontrar nem morto, nem pessoa viva indo ou vindo, nem seu carneiro, nem a corda que o prendia à árvore.

— Oh, dia infeliz! — exclamou. O que Joan dirá para mim agora? Minha manhã está perdida, a cabra e o carneiro estão perdidos! Tenho de vender algo para obter o valor do xale. Bem, o novilho gordo está na pastagem mais próxima. Ela não me verá pegá-lo.

Bem, imaginem a surpresa dos ladrões quando viram Jack chegar com o carneiro!

— Se você fizer outra trapaça como essa — disse o chefe —, passarei o comando a você.

Logo viram o agricultor passar novamente, levando dessa vez um novilho gordo.

— Quem vai trazer aquele novilho gordo para cá sem usar de violência? — perguntou Jack.

— Não posso — disse um.

— Não posso — disse outro.

— Eu vou tentar — disse Jack, e sumiu dentro da floresta.

O agricultor estava próximo do ponto onde tinha visto o primeiro sapato, quando ouviu o longínquo balido de uma cabra do lado direito da floresta. Apurou os ouvidos, e o que ouviu dessa vez foi o berro de um carneiro.

— Sangue da vida! — exclamou. — Talvez sejam os meus animais perdidos! — e vieram mais balidos e mais berros. — São os meus animais, com toda certeza — disse.

Amarrou o novilho em uma pequena árvore e entrou na floresta. Já alcançava o ponto de onde tinham vindo os sons dos animais, quando os ouviu partirem de outro ponto, um pouco mais adiante, e avançou, seguindo a pista. Por fim, tendo já se afastado cerca de meia milha do ponto onde tinha deixado o novilho, os sinais pararam completamente. Depois de procurar e procurar até ficar cansado, retornou para seu novilho. Mas não havia nem sombra do animal ali, nem em parte alguma onde ainda procurou.

Dessa vez, quando os ladrões viram Jack e seu troféu chegando, não puderam deixar de aclamar:

— Jack deve ser o nosso chefe!

E o que se seguiu não foi outra coisa senão festa e bebedeira o resto do dia. Antes de dormir, mostraram a Jack o lugar onde escondiam o dinheiro deles, onde guardavam todos os disfarces que usavam e lhe juraram obediência.

Uma manhã, cerca de uma semana depois, enquanto estavam tomando café, perguntaram a Jack:

— Você cuidaria da casa para nós hoje, enquanto vamos à feira, em Mochurry? Há tempos não temos um divertimento. Você pode fazer seu giro sempre que deseja.

— Nunca diga isso duas vezes — disse Jack, e lá se foram eles.

Depois que saíram, Jack perguntou à criada, que era uma mulher perversa:

— Alguma vez esses amigos te ofereceram um presente?

— Ah, tente pegá-los nisso! Eles se esquivarão na mesmo hora.

— Bem, venha comigo e te farei uma mulher rica.

Ele a levou ao tesouro no piso subterrâneo, e enquanto ela contemplava extasiada as pilhas de ouro e prata, Jack encheu os bolsos, tanto quanto podiam conter, colocou tanto mais em uma pequena bolsa, saiu e trancou a porta atrás da velha bruxa, deixando a chave na fechadura. Vestiu-se com roupas finas, pegou a cabra, o carneiro e o novilho e dirigiu-se com eles para a casa do agricultor.

Joan e seu marido estavam à porta. Quando viram os animais, bateram palmas e riram de alegria.

— Sabem quem é o dono desses animais, bons vizinhos?

— Como não! Certamente são nossos!

— Achei-os perdidos na floresta. Esta bolsa, com dez guinéus[6], estava pendurada ao pescoço da cabra. É dos senhores?

— Por nossa fé, não.

— Bem, podem ficar com ela como uma dádiva de Deus, então; não a quero.

— A Divina Providência te acompanhe, bom e gentil homem!

---

[6] Antiga moeda de ouro inglesa. (N.T.)

Jack continuou sua jornada e, no começo da noite, chegou à casa de seu pai e entrou.

— Deus proteja a todos aqui!

— Deus o proteja bondosamente, senhor!

— Eu poderia hospedar-me aqui, esta noite?

— Ó senhor, nossa casa não é apropriada para receber pessoas refinadas como o senhor.

— Ó, *musha*, não reconhece teu filho?

Bem, perceberam quem era, e o problema agora era saber quem o abraçaria primeiro.

— Mas, Jack, onde você conseguiu essas roupas tão finas?

— Ó, não fariam melhor se me perguntassem onde consegui todo esse dinheiro? — replicou, esvaziando os bolsos e despejando o conteúdo sobre a mesa.

Sim, ficaram cheios de medo, mas quando ele lhes contou suas aventuras, tranquilizaram-se, e todos foram dormir em grande felicidade.

— Pai — disse Jack, na manhã seguinte —, procure o senhorio e diga-lhe que pretendo me casar com a filha dele.

— Por minha fé, tenho medo de que ele atice os cães contra mim. Se me perguntar como obteve dinheiro, que direi?

— Diga-lhe que sou o Mestre Ladrão e que não há ninguém igual a mim nos três reinos, que tenho a soma de mil libras e que foram todas abocanhadas dos maiores embusteiros já vistos. Fale com ele quando a filha estiver por perto.

— É uma mensagem zombeteira, essa que você me pede para levar. Tenho medo de que isso acabe mal.

Depois de duas horas, o velho estava de volta.

— E então, quais são as novas?

— Notícias zombeteiras, deveras. A senhorita não pareceu nem um pouco relutante. Suponho que essa não é a primeira vez que você fala com ela. O fazendeiro riu e disse que você teria de roubar o ganso assando no espeto em sua cozinha no próximo domingo. Depois disso, decidiria essa questão.

— Oh, isso certamente não será difícil.

No domingo, depois que todos voltaram da missa, o fazendeiro e todos os de sua casa estavam na cozinha diante do ganso que assava ao fogo. A porta da cozinha se abriu, e um velho pedinte, miserável e com uma grande mochila nas costas, pediu licença.

— Teria Vossa Senhoria, a ama da casa, algo para mim, depois que o jantar estiver pronto?

— Certamente. Não temos lugar aqui para você neste momento, espere na varanda, enquanto isso.

— Deus abençoe vossa família e vossa senhoria também.

Logo depois, alguns dos que estavam sentados perto da janela exclamaram:

— Oh, senhor, uma lebre está correndo aos saltos em volta da cerca. Vamos capturá-la?

— Capturar uma lebre! Terão muita oportunidade para isso. Fiquem nos seus lugares.

A lebre escapou pelo jardim, mas Jack, que estava disfarçado com roupas de pedinte, logo tirou outra do saco.

— Oh, senhor! A lebre está ainda fazendo estripulias. Não poderá escapar, deixe-nos persegui-la. A porta de entrada está trancada por dentro, e o senhor Jack não conseguirá entrar.

— Fiquem onde estão, como estou dizendo.

Depois de algum tempo, novamente, falaram que a lebre ainda estava lá. Na verdade, era a terceira que Jack libertava. Ora pois, eles não conseguiram mais ficar no lugar. Foram para fora todos os homens, e o fazendeiro em seguida.

— Posso cuidar do espeto, meu senhor, enquanto vão capturar a lebre? — perguntou o pedinte.

— Sim, e, por sua vida, não deixe ninguém entrar!

— Por minha fé, não deixarei, pode confiar.

As três lebres escaparam, uma após outra, e quando voltaram da perseguição nem pedinte nem ganso havia mais na cozinha.

— Jack, seu malandro! — disse o fazendeiro. — Você me enganou, dessa vez.

E enquanto pensavam em preparar outro jantar, chegou um mensageiro da casa de Jack para pedir ao fazendeiro, à senhora e à senhorita que fossem dar uma volta pela campina e pegassem a parte que lhes cabia do que Deus tinha lhes enviado. Não havia naquilo nenhum embuste desonesto que afetasse os brios da família, e saíram todos caminhando pelo campo. Encontraram um jantar com peru assado, carne assada e o próprio ganso roubado. O fazendeiro quase estourou de rir com o embuste. Quanto à senhorita, as boas maneiras e as belas roupas de Jack não faziam nenhuma diferença para o que ela já sentia por ele.

Tomavam ponche sentados à velha mesa de carvalho na agradável sala com piso claro e limpo, quando o fazendeiro disse:

— Pode estar certo de que não terá minha filha, Jack, a menos que roube do estábulo, amanhã à noite, meus seis cavalos diante dos olhos dos seis homens que os estarão guardando.

— Farei mais que isso por um olhar amável da senhorita — disse Jack, e o rosto da senhorita ficou vermelho como fogo.

Na segunda-feira, os seis cavalos estavam nos estábulos, com um homem de vigia para cada um, e um bom copo de uísque sob o colete de cada homem. A porta foi deixada totalmente aberta para Jack. Ficaram bastante alegres por um bom tempo, pilheriaram e cantaram, e ficaram com pena do coitado. Mas as poucas horas de farra escoaram, e o uísque perdeu seu efeito. Começaram a tremer e a desejar que amanhecesse. Uma velha esfarrapada, com seis sacos em torno dela e com umas penugens ralas no queixo, chegou à porta.

— Ah, então, bondosos cristãos — disse —, me deixariam entrar e me arrumariam um bocado de palha num canto? A vida dará cabo de mim, se vocês não me derem abrigo.

Não viram mal algum naquele pedido, e ela se aconchegou tão confortavelmente quanto pôde. Em seguida, puxou uma grande garrafa escura e tomou um gole, tossiu, estalou os lábios e pareceu sentir-se um pouco mais animada. Os homens não paravam de olhar para ela.

— Ofereceria um gole a vocês, somente se pudessem considerar que faço isso totalmente sem ofensa.

— Oh, deixemos de lado o orgulho embaraçoso — disse um deles. — Aceitamos e agradecemos.

Ela lhes passou a garrafa, e eles a fizeram circular entre si. O último teve a delicadeza de deixar meia dose no fundo da garrafa para a velha mulher. Todos agradeceram e disseram-lhe que aquele tinha sido o melhor gole que já tinham provado.

— É para mim uma alegria mostrar como valorizo a bondade que tiveram em dar-me abrigo. Tenho outra garrafa de reserva, e vocês podem passá-la, enquanto eu termino o gole que o camarada me deixou.

Bem, o que eles beberam da outra garrafa somente fez que desejassem mais, e, na hora que o último esvaziou o fundo, o primeiro já dormia como um defunto em cima das selas. É que a segunda garrafa tinha um sonífero misturado com o uísque. A pedinte pegou um a um, deixou-os deitados uns na manjedoura, outros debaixo dessa, bem arranjados e bem abrigados, vestiu cada pata de cavalo com uma malha e os levou embora sem fazer nenhum barulho. A primeira coisa que o fazendeiro avistou na manhã seguinte foi Jack cavalgando na estrada com cinco cavalos, trotando na frente daquele em que ele vinha montado.

— Com os diabos você, Jack! — gritou. — E com os diabos os tolos que deixaram você trapaceá-los!

Ele foi ao estábulo, e os pobres homens ficaram muito envergonhados quando finalmente puderam ser acordados.

— Afinal — disse o fazendeiro à mesa, no café da manhã, — não é um grande feito enganar tolos como esses. Cavalgarei pelas redondezas, de um a três dias, e se você conseguir me tirar o cavalo em que eu estiver montado, digo-lhe que merece ser meu genro.

— Posso fazer mais que isso — disse Jack — por minha honra, se não fosse pelo fato de que o amor nessa questão é que está acima de tudo — e a jovem escondeu o rosto com a xícara.

Pois bem, o fazendeiro permaneceu cavalgando ao redor, cavalgando e cavalgando, até se cansar, e nem sinal de Jack. Já pensava em voltar para casa afinal, quando viu nada menos do que um de seus empregados sair de casa numa correria danada, como se estivesse maluco!

— Oh, senhor, senhor! — disse, de uma distância razoável para que pudesse ser ouvido. — Corra para casa, se deseja ver sua pobre senhora viva! Estou indo em busca do médico. Ela caiu dois lanços de escada, e seu pescoço, ou seus quadris, ou os dois braços estão quebrados. Está imóvel e muda, e será um milagre se ainda encontrá-la com vida. Corra tão rápido quanto seja possível ao seu cavalo correr.

— Mas não seria melhor você pegar o cavalo? O médico fica a uma milha e meia daqui!

— Oh, da forma como preferir, senhor! Oh, *Vuya, Vuya*! Senhora Alanna, que eu sempre vi perfeita! E seu corpo agora deformado como está!

— Agora, pare com esse barulho e deixe de estar como um furacão! Ó, minha querida, minha querida, não será isso um castigo?

Ele correu para casa como louco, e admirou-se de não ver nenhum tumulto na casa. Logo que atravessou a porta para a sala, sua esposa e a filha, que estavam costurando à mesa, soltaram um grito de susto diante da agitação e dos olhos pasmados dele quando entrou.

— Ó minha querida! — disse, quando pôde falar. — Como foi isso? Você está ferida? Você não caiu da escada? O que aconteceu, afinal? Diga-me!

— O que há? Nada aconteceu, graças a Deus, desde que você saiu para cavalgar. Onde deixou o cavalo?

Ora pois, ninguém conseguiria descrever o estado em que ele ficou durante cerca de quinze minutos, entre alegre por sua esposa, com raiva de Jack e furioso por ter sido trapaceado. Ele viu o cavalo vindo pela estrada e um rapazinho na sela, com o pé nos estribos de couro. O empregado desapareceu por uma semana, mas o que dez guinéus de ouro de Jack faziam nos seus bolsos?

Jack só mostrou o nariz no dia seguinte, e foi uma desconcertante recepção a que encontrou.

— Isso foi uma traição, o que você fez! — disse o fazendeiro. — Nunca te perdoarei pelo abalo que você me fez passar. Mas estou tão feliz desde então, que penso em pedir-lhe apenas uma prova a mais. Se você, esta noite, tirar o lençol que estará sob mim e minha esposa, o casamento se realizará amanhã.

— Tentaremos — disse Jack —, mas se você mantiver minha noiva longe de mim por muito tempo, eu a roubarei para que ela não venha a ser levada por dragões flamejantes.

À noite, estavam na cama o fazendeiro e sua esposa. A luz da lua iluminava a janela, quando ele viu uma cabeça aparecer sobre o peitoril, dar uma espiadela e depois desaparecer.

"É Jack", pensou o fazendeiro. "Vou assustá-lo", e apontou uma arma na direção do peitoril.

— Oh, meu senhor, meu querido! — disse a esposa.
— Tem certeza disso? Você não vai querer atirar no bravo rapaz!
— Não o faria nem mesmo por um reino, não há nada na arma, apenas pólvora.

Apareceu a cabeça, a arma disparou, um corpo caiu e ouviu-se o grande baque de uma queda no caminho de pedra.

— Oh! Deus! — clamou a senhora. — O pobre Jack está morto, ou incapacitado para o resto da vida.

— Espero que não — disse o fazendeiro, e desceu as escadas.

Deixou a porta aberta — nunca se lembrava de fechá-la —, abriu o portão e entrou no jardim. Sua esposa ouviu a voz dele à porta do quarto. "Ele devia estar sob a janela e voltara", ela pensou.

— Mulher, mulher! — disse ele da porta. — O lençol, o lençol! Ele não está morto, espero, mas está sangrando como um porco. Tenho de limpá-lo o melhor que eu puder e conseguir alguém para me ajudar a carregá-lo.

Ela puxou o lençol e o atirou para ele. Ele desceu como um raio e, mal tinha tido tempo de chegar ao jardim, já estava de volta, dessa vez só com a camisa, como tinha saído.

— O diabo te carregue, Jack! — disse ele. — É um completo embusteiro!

— Completo embusteiro? — ela disse. — Não está o pobre rapaz todo arranhado e moído?

— Não estou muito preocupado se ele está. O que você acha que aparecia e sumia na janela, e que depois desabou, arrebentando-se no caminho? Roupas de homem, cheias de palha e duas pedras.

— E por que você pediu há pouco o lençol para limpar o sangue dele, se era apenas um homem de palha?

— Lençol, mulher! Eu não pedi o lençol!

— Pedindo ou não, joguei-o para você, que estava do lado de fora da porta.

— Oh, Jack, Jack, seu trapaceiro! — exclamou o fazendeiro. — É inútil disputar com você. Devemos ficar sem o lençol por uma noite. Faremos amanhã o casamento para nos livrarmos desse transtorno.

E assim se casaram, e Jack tornou-se um marido verdadeiramente bom. O fazendeiro e sua senhora nunca se cansavam de elogiar o genro, "Jack, o Ladrão Esperto".

O CAVALEIRO DOS ENIGMAS

Havia uma vez um rei que se casou com uma grande mulher, mas ela morreu no nascimento de seu primeiro filho. Pouco depois disso, o rei casou-se com outra mulher, que também teve um filho. Os dois jovens cresceram e se tornaram altos e fortes.

Depois, ocorreu à rainha que não seria o seu filho a suceder o trono, e ela determinou-se a envenenar o filho mais velho. Ela instruiu os cozinheiros para que colocassem veneno na bebida do herdeiro, mas, como a sorte estava com ele, o irmão caçula a ouviu e avisou o irmão para não tomar a bebida de modo algum, ele assim fez. A rainha surpreendeu-se quando viu que o rapaz não tinha morrido, pensou que a poção de veneno não tivesse sido suficiente e ordenou ao cozinheiro que colocasse uma quantidade maior na noite seguinte. Assim foi feito. Tendo o cozinheiro preparado a bebida, ela comentou que o rapaz não viveria por muito tempo depois desse gole. Mas o caçula ouviu isso também e novamente avisou o irmão.

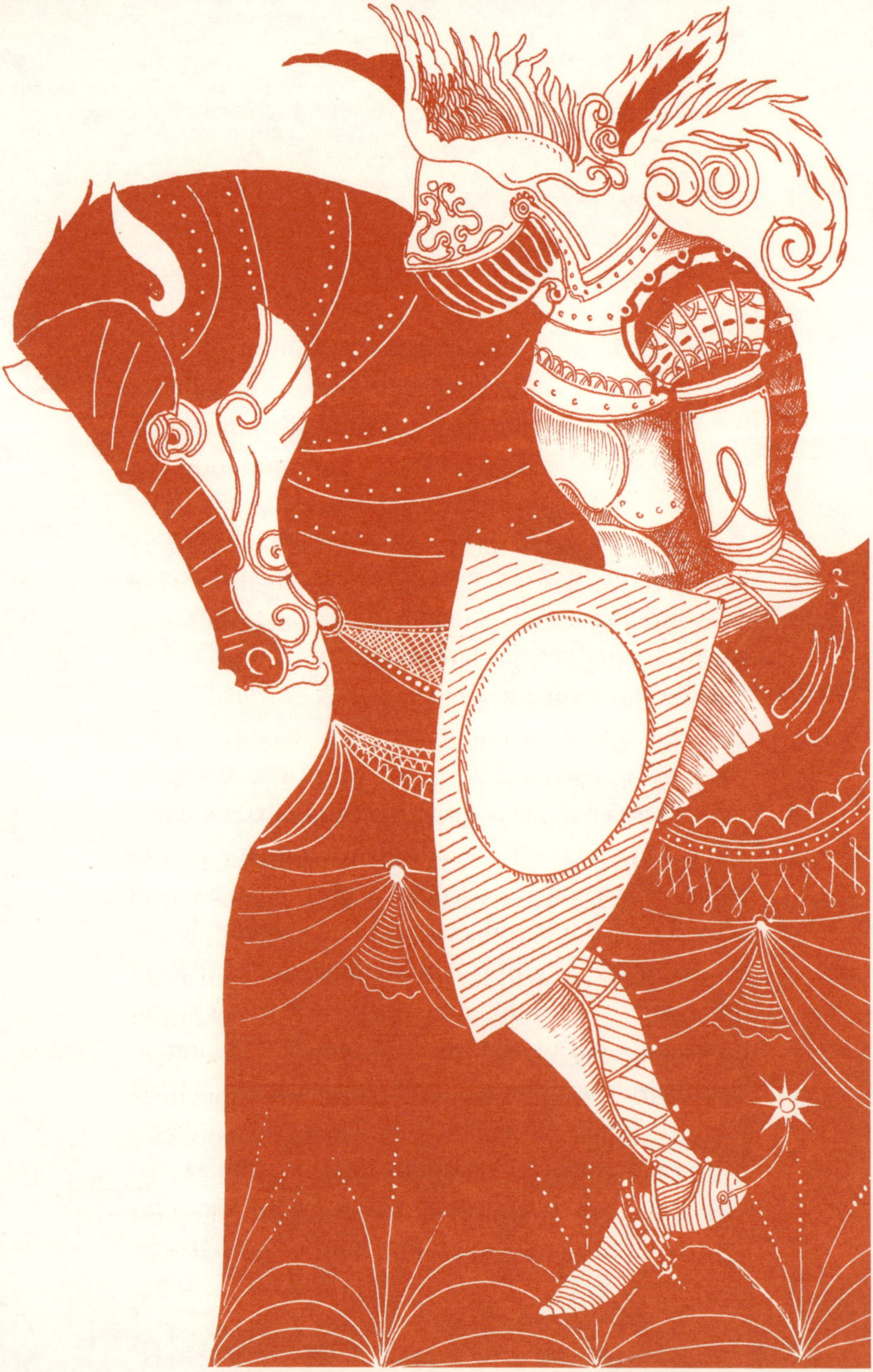

Por esse motivo, o irmão mais velho colocou a bebida numa pequena garrafa e disse ao caçula:

— Se eu permanecer nesta casa, não tenho dúvida de que ela conseguirá, de uma maneira ou de outra envenenar-me; quanto mais rápido eu sair daqui, melhor será. Terei o mundo por meu travesseiro, e não há sabedoria que a fortuna possa substituir.

O caçula disse-lhe que gostaria de acompanhá-lo, e ambos se dirigiram para o estábulo, selaram um par de cavalos e partiram. Não estavam muito longe de casa quando o irmão mais velho disse:

— Não há, afinal, certeza de que havia veneno na bebida, e assim mesmo partimos. Experimente colocar um pouco na orelha do cavalo e poderemos nos certificar.

O cavalo não foi muito longe e tombou.

— De qualquer forma, é apenas um monte de ossos de cavalo — disse o irmão mais velho, e ambos montaram o outro cavalo e foram adiante.

— Mas — disse ele — eu ainda não posso acreditar que havia qualquer veneno na bebida, vamos tentar com o outro cavalo.

Ele assim fez, não foram muito longe, e o cavalo tombou morto. Pensaram em tirar a pele do cavalo para mantê-los aquecidos durante a noite que se aproximava. Pela manhã, quando despertaram, viram doze corvos cambaleando sobre a carcaça do cavalo, e não demorou muito para caírem mortos.

Pegaram os corvos e os levaram com eles. Na primeira cidade que chegaram, entregaram as aves ao padeiro e pediram-lhe que fizesse doze tortas de corvos. Quando as tortas ficaram prontas, seguiram viagem. Ao cair da noite, estavam na parte mais densa da floresta, quando surgiram vinte e quatro ladrões, que exigiram deles as posses. Disseram que não tinham posses, que possuíam apenas um pouco de comida.

— Comida é bem-vinda! — disseram os ladrões, e começaram a comer.

Mal começaram a comer, sentiram-se mais para lá do que para cá e caíram mortos. Quando viram que os ladrões estavam mortos, revistaram-lhes os bolsos e apanharam muito ouro e prata. Seguiram viagem até que, por fim, alcançaram a terra do Cavaleiro dos Enigmas.

A casa do Cavaleiro dos Enigmas ficava no melhor lugar daquelas terras, e se a casa era bonita, a filha dele era muito mais. Ela tinha a seu lado doze donzelas pouco menos belas do que ela. Sua beleza não era deste mundo, de tão grande. Ninguém podia casar-se com ela, a não ser o homem que propusesse ao seu pai um enigma que ele não pudesse resolver. Os irmãos decidiram que iam tentar propor um enigma ao pai dela, e o caçula assumiu o posto de auxiliar do irmão mais velho.

Chegaram à casa do Cavaleiro dos Enigmas e propuseram o seguinte enigma: "Um matou dois, dois mataram doze, doze mataram vinte e quatro, e dois conseguiram escapar". E ali permaneceram, tratados com grande realeza e honrarias, esperando até que ele resolvesse o enigma.

Durante esse tempo, o Cavaleiro, por mais que tentasse, não conseguia resolver o enigma. Um dia, uma das donzelas que acompanhava a filha do Cavaleiro chegou para o jovem auxiliar e pediu-lhe que revelasse o enigma. Ele pegou o xale dela e a deixou ir, mas não lhe disse nada. Dia após dia, a mesma coisa fizeram as doze donzelas, e o jovem auxiliar disse para a última delas que não havia ninguém que pudesse resolver o enigma, a não ser o seu mestre.

Um dia depois, a filha do Cavaleiro veio à presença do irmão mais velho e, com toda a sua beleza e nobreza, pediu-lhe que revelasse o enigma. Não havia como recusá-lo a ela, e lhe revelou, mas reteve-lhe o xale. O Cavaleiro dos Enigmas o procurou e deu-lhe a solução do enigma. Disse-lhe que tinha duas opções: perder a cabeça ou ser colocado num barco à deriva, sem comida e água, sem remo e sem vertedouro. O irmão mais velho disse-lhe:

— Eu tenho um outro enigma para lhe propor antes disso.

— Fale — disse o Cavaleiro.

— Um dia, eu e meu auxiliar estávamos caçando na floresta. Meu auxiliar atirou numa lebre e ela caiu, então ele tirou-lhe a pele e a deixou ir embora; e assim fez com uma dúzia, retirou suas peles, e as deixou ir embora. Por último, veio uma bela e excelente lebre, e eu mesmo atirei nela, retirei sua pele e a deixei ir embora.

— Na verdade, esse enigma não é difícil de resolver, meu jovem — disse o Cavaleiro, sabendo que o jovem sabia que na verdade ele não tinha resolvido o enigma, mas que a resposta lhe fora dada.

Então ele deu-lhe a filha como esposa para manter-se em paz, e fizeram uma grande festa de casamento que durou um ano e um dia. Ao ver que o irmão mais velho se saíra tão bem nos seus planos, o caçula voltou para casa, e o mais velho deu-lhe todos os direitos sobre o reino.

Havia, próximo ao reino do Cavaleiro dos Enigmas, três gigantes que sempre matavam, sacrificavam e saqueavam os habitantes. Um dia, o Cavaleiro dos Enigmas disse ao genro que se nele houvesse um espírito de guerreiro, mataria os gigantes, que sempre trouxeram tantos danos ao país. E assim foi: ele enfrentou os gigantes e retornou, trazendo a cabeça dos três, e as deixou aos pés do Cavaleiro.

— Tua arte e habilidade são indiscutíveis, e, de hoje em diante, o teu nome será Herói do Escudo Branco.

E o nome do Herói do Escudo Branco ganhou fama longe e perto.

Enquanto isso, o irmão do Herói do Escudo Branco percorria muitas regiões e longas distâncias e, após muitos anos, chegou à Terra dos Gigantes, onde o Herói do Escudo Branco vivia com a filha do Cavaleiro. O seu irmão veio e lhe propôs um *covrag*, ou que lutasse com ele como um touro. Começaram a lutar, e a batalha durou da manhã até o anoitecer. Por fim, ambos estavam cansados, fracos, esgotados. O Herói do Escudo Branco pulou sobre um obstáculo imenso e propôs ao estranho encontrá-lo pela manhã. O salto do outro fez o estranho sentir-se humilhado.

— Pode bem acontecer que amanhã, a esta hora, você não esteja tão em forma — disse.

O jovem irmão, cansado e sonolento, foi para uma pobre cabana que ficava próximo à casa do Herói do Escudo Branco. Pela manhã, a luta foi reiniciada. O Herói do Escudo Branco começou a recuar, até que entrou de costas no rio.

— Tem de haver um pouco do meu sangue em você, pelo que fez comigo.

— Que espécie de sangue corre em você? — perguntou o mais jovem.

— Sou o filho de Ardan, o grande rei de Albann.

— Eu sou o teu irmão.

Agora eles se reconheciam. Ambos desejaram sorte e boas-vindas um ao outro; depois, o Herói do Escudo Branco levou o irmão ao palácio, e a filha do Cavaleiro ficou feliz em vê-lo. Ele permaneceu um tempo com eles, depois achou que devia voltar para casa e para o seu reino.

No caminho, passou perto de um enorme palácio e viu doze homens jogando *shinny*[7]. Pensou que devia visitá-los e jogar com eles. Mas não jogaram muito tempo e pararam; o mais fraco deles o agarrou e o sacudiu como se ele fosse uma criança. Pensou que era inútil levantar a mão contra aqueles doze homens valorosos e perguntou-lhes de quem eram filhos. Disseram que eram filhos de um único pai, do irmão

---

[7] Jogo semelhante ao hóquei. (N.T.)

do Herói do Escudo Branco, de quem não ouviam falar há muitos anos.

Eu sou o seu pai! — disse, e perguntou-lhes se a mãe deles ainda estava viva.

Disseram que sim. Ele a levou para casa com os doze filhos; nada sei mais, a não ser que sua descendência são reis de Alba até esses dias.

© *Copyright* desta tradução: Landy Editora Ltda., 2005.
Direitos cedidos à Editora Martin Claret Ltda, 2013.
Título original: *Celtic Fairy Tales (1892)* e *More Celtic Fairy Tales (1894)*.

Direção
MARTIN CLARET

Produção editorial
CAROLINA MARANI LIMA / FLÁVIA P. SILVA / MARCELO MAIA TORRES

Projeto gráfico e diagramação
GABRIELE CALDAS FERNANDES / GIOVANA GATTI LEONARDO

Direção de arte e capa
JOSÉ DUARTE T. DE CASTRO

Ilustração de miolo
ALEXANDRE CAMANHO

Tradução
VILMA MARIA DA SILVA E INÊS A. LOHBAUER

Revisão
FLÁVIA P. SILVA

Impressão e acabamento
PAULUS GRÁFICA

A ORTOGRAFIA DESTE LIVRO FOI ATUALIZADA SEGUNDO O ACORDO ORTOGRÁFICO DA LÍNGUA PORTUGUESA DE 1990, QUE PASSOU A VIGORAR EM 2009.

Dados Internacionais de Catalogação na Publicação (CIP)
(Câmara Brasileira do Livro, SP, Brasil)

Jacobs, Joseph, 1854-1916.
Heróis muito espertos / Joseph Jacobs; [tradução Vilma Maria da Silva e Inês A. Lohbauer; ilustração de miolo Alexandre Camanho]. — 1. ed. — São Paulo: Martin Claret, 2013. — (Coleção contos; 3)

Título original : Celtic Fairy Tales e More Celtic Fairy Tales.
"Texto integral"
ISBN 978-85-7232-

1. Contos de fadas - Grã-Bretanha
2. Celtas - Folclore
3. Folclore - Grã-Bretanha I. Camanho, Alexandre. II. Título.

13-07992   CDD-398.2

Índices para catálogo sistemático:
1. Contos de fadas celtas: Folclore   398.2

EDITORA MARTIN CLARET LTDA.
Rua Alegrete, 62 — Bairro Sumaré — CEP: 01254-010 — São Paulo — SP
Tel.: (11) 3672-8144 — Fax: (11) 3673-7146
www.martinclaret.com.br / editorial@martinclaret.com.br
Impressão - 2013